美魔は花泉にたゆたう
はなのいずみ
ドラゴンギルド
「約 指切りを」と言って、
ジュストの目の前で小指を立てた。
「ゆびきり？って、なあに？」
「極東の国では互いの小指をからみ
合わせて誓いを立てる。大切な者同士
のみの儀式だ」
「うんっ」
“大切な者同士のみの儀式”が嬉しくて、
ジュストは張り切ってフォンティーンの
長い小指に自分の小指をからませる。

美魔は花泉にたゆたう

はなのいずみ

~ドラゴンギルド~

鴇 六連

20567

角川ルビー文庫

目次

口絵・本文イラスト／沖　麻実也

序章

ジュストが〝意思を持つ炎〟を見たのは七歳のときだった。

それは火の気配がないところに突如、ぼう、と不気味な音を立ててあらわれ、風もないのに幾つも飛び火し、花びらが次々と開くように燃え広がって瞬く間に大火と化す。決死の消火活動を行う消防隊を丸呑みにして暴れまわる炎は、絵本に出てくる水をかけても消えない火の魔物によく似ていた。

意思を持つ炎はこの五か月で三度も出現し、そのたびにジュストが身を寄せる養護施設と小さな町ひとつと人々を焼き尽くした。

三度とも、ジュストが恐ろしい状況に陥って泣き叫んだ瞬間に発火したのは、果たして偶然なのだろうか。

「熱、いっ……こわい……」

ごうごうと唸る火と焦げた人間の臭いに苛まれるのは今夜でもう四度目だった。なぜ怪異な現象が間近で起こるようになったのか、その理由はまったくわからず、ただただ恐れることしかできない。

意思を持つ炎があらわれたのはついさっきのことだ。

寂れた歓楽街の暗い部屋へ連れてこられたジュストが、男に襲われて悲鳴をあげた瞬間、薄汚れた床に一輪のアマリリスを思わせる炎が生まれた。驚く間もなく、それが咲き乱れる紅木蓮マグノリアのように膨らんで男を焼き、荒れ狂う猛火となって歓楽街を呑み込んでいく。

「うあぁ、――!」

ドゴォン……という轟音が響いて部屋が建物ごと崩壊した。上下左右の感覚を失った身体に木片や石がぶつかってくる。ジュストは今度こそ瓦礫の下敷きになり炎に包まれて息絶えるだろう。これまでずっと家族や友達はいなくて、つらいことと悲しいことしかなかったから、死んだってかまわなかった。

「……痛っ! ……どう、してっ?」

しかしジュストは道端に放り出され、背を強く打っただけだった。一度目も二度目の夜も三度目まで同じで、意思を持つ炎はジュストを殺さない代わりに凄絶な煉獄を見せつけてくる。

火に焼かれる人々の呻き声と絶叫を聞いていられなくて、両手で耳を塞いだ。

「いやだ、こわい、こわいっ」

吹き荒ぶ熱風が建物や草花や肉の焦げる臭いを運んでくる。

息苦しくて、恐ろしかった。ジュストの紫と桃色の瞳が火炎の色に侵されていく。

「あ、ぁ……魔女だ――」

水をかけても消えない火の魔物を操っているのは魔女に違いない。混乱した頭がありもしないことを考える。魔女の一族は絶滅して、この世界のどこにもいないことは誰でも知っているのに。だがジュストは恐ろしさのあまり燃え盛る炎の中に魔女の幻影を見てしまった。

赤いルピナス、深紅の薔薇、朱色のリコリス・ラジアータ――取り残されたジュストがしゃがみ込むその場所は、まるで魔女たちが踊る禍々しい烈火の花園みたいだった。

「消えろっ！　消えてよっ」

震える小さな手で必死に地面を掘り、砂を猛火へ投げつけてもまったく意味をなさない。

強い魔力を宿したような炎の花々が、ジュストのまわりに存在するすべてを燃やし尽くしていく――。


――広大な土地と揺るぎない国力を保持するこのアルカナ・グランデ帝国には、人間のほかに〝魔物〟が存在する。海洋には人魚や魔海獣が、森と山岳地帯には一角獣や魔鳥が、夜の闇には吸血鬼や淫魔や名もない魔獣たちが数多と棲息していた。

そしてそれらの頂点に君臨するのが竜であり、彼らとほぼ同等の地位に、強い魔力と知恵を持つ魔女がいる。竜と魔女はともに魔物たちを統率し守護する絶対的存在だった。

だがこれは遥か昔の話――人間が一歩でも足を踏み入れたら死ぬという〝魔女の森〟も、竜と王が戦った〝バイロンの魔島伝説〟も、人間の子供たちにとっては御伽話でしかない。

現在、帝国軍は魔女を絶滅させ、一角獣や人魚など多くの種族も絶滅寸前へと追い詰めた。

そして世界最強の魔物である竜を、結社・ドラゴンギルドに隷属させ、帝国と人間を守らせるために酷使しているという。

人間が魔物を制圧するに至った輝かしい歴史を——アルカナ・グランデ帝国に興った産業革命と時を同じくして開始された〝魔物狩り〟の物語を、養護施設で暮らす子供たちは人形劇で教えられる。

無表情の人形たちがぎこちなく動くだけの退屈な人形劇を嫌というほど見せられてきたから、ジュストは台詞を憶えてしまっていた。

『人間が強くかしこくなるのをじゃまする魔物は絶対にゆるしてはいけません。帝国のえらい人たちは〝魔物狩り〟をめいれいしました。帝国軍はたいへん苦労しましたが、魔物をたいじして竜をたおして、ついに魔女を世界から消しました』

『そのとき、さいごの一人になった魔女・ジゼルが泣きながら帝国のえらい人たちに言いました。私の命をさしあげますから、どうか竜だけはゆるしてください、ドラゴンギルドという結社を作ってください、そこで竜を扱き使ってもかまいません。と』

『みにくい顔で泣く魔女があまりにもみじめだったので、えらい人たちはしかたなく竜だけをゆるしてドラゴンギルドを作ってあげました。帝国軍のしもべになった竜と、めしつかいのバトラーは、今日もアルカナ・グランデ帝国のために働いています——』

魔物狩りの人形劇は、バトラーと呼ばれる襤褸を着た男と、弱った竜が軍人に鞭を打たれて泣きながら労働するところで終わる。

でもジュストはこの話を信じていない。魔女ジゼルについては知らないが、空を飛ぶ緑色の竜を一度見たことがあり、水色の竜には三度会ったことがあった。彼らは鋭い鉤爪と風を生む翼と、硬い鱗で覆われた世界最大の肉体を持っている。見ただけで震え上がってしまうあの恐ろしい魔物が、軍人に鞭を打たれたくらいで泣くはずがないと考えていた。

養護施設で繰り返し見せられる人形劇が、ジュストは大嫌いだった。演劇が終わると、つまらないと思っている年長の子らも、内容をこれっぽっちも理解できていない二歳児までもが、無理やり立たされて大きな拍手をさせられるからだ。

殊に酷くなるのはその夜で、人形劇を見た子供たちは必ず『おまえは、まものだ！』『目がむらさきとピンクの人間なんかいないぞ』『あぁ、きみがわるい』と罵ってくる。五、六人でジュストを囲み、ぐるぐるまわりながら『まものがりだっ』『まものがり！』と囃し立てることもあった。

手酷くからかわれるたび『ちがう、僕は人間だっ』と言い返したけれど、その声はいつも自信のなさから震えてしまっていた。色の異なる瞳を自分でも不気味だと思うジュストには、自身が人間であることを証明する手立てがなにもない。

臍の緒が付いた状態で養護施設に置き去りにされ、そこで育ったジュストは、両親の顔も名も、彼らが人間なのか魔物なのかも知らなかった——。

「熱い……。うぅっ」

意思を持つ炎があらわれてまだ半時も経っていないというのに、見渡す限り紅炎の一色で、なおも燃え上がるそれは星の瞬く夜空をも侵蝕しようとしていた。

消防隊のサイレンが近づいてきて、ジュストは縋るように目を向ける。しかしその直後、歓楽街の入り口で爆発音が鳴り、消防馬車や消火ポンプを巻き込んだ巨大な火柱が立ち上った。

「……！」

炎が己の意思で消防隊を襲ったというのは子供の目にも明らかだった。戦慄を覚えた小さな身体がガタガタと震えだす。恐怖と悲しみに満ちた光景に涙をこぼしても、雫は頬を伝うことなく熱風に掻き消されていく。

なぜ何度も大火災が起こるのだろう。意思を持つ炎はどうしてジュストだけを残し、すべてを焼き尽くしてしまうのだろうか。燃やすなら独りぼっちのジュストを燃やしてほしい。魔物と罵られるのも、男に襲われるのも煉獄を見せられるのも、もう耐えられなかった。

ジュストを燃やしてほしいのに、今また大きく開いた炎の花は、オォ――……という獣の咆哮に似た轟音をあげて、すでに炭化した建物や焼け焦げた亡骸たちをふたたび呑み込んだ。

「いやだっ……もう燃やさないで！　だれか消してよ……」

そう願っても応えてくれる者は誰一人としていない。

先ほどまでジュストの耳を苛んでいた呻き声と絶叫がいっさい聞こえなくなり、生きている者は自分だけだということを思い知らされる。木の爆ぜる音や炎の渦巻く音が絶え間なく響くこの場所が、ひどく静かに感じられた。

「だれ、か……、――フォン、ティ……ン」

絶望に支配されたジュストの唇がおのずと動き、知って間もない魔物の名を呼ぶ。

たった三度しか会ったことのない彼が今どこでなにをしているのか、それを知る術はなかった。叫んだところで、掠れた声は猛火に焼かれて届くことはないだろう。

それでも呼ばずにはいられなかった。家族も友達も信頼できる大人もいない孤独なジュストが口にできるのは魔物の名だけだった。魔物を呼ぶなんて恐ろしい、でもこれ以上は絶対に燃えてほしくない。ジュストは熱くなった大地を握り、唯一呼べるその名を叫んだ。

「フォンティーン……火を消して！」

しかし叫び声に反応したのは魔物ではなく意思を持つ炎のほうで、ぼうっ、と新たな火炎の花びらを開く。吸い込んだ灼熱の空気に喉を焼かれそうになり、ふたたび大声をあげることは叶わなかった。

どうしようもなくなったジュストが項垂れたとき、ふいに、ひときわ強い風が上空から吹きおりてきた。アプリコットオレンジの髪を揺らす風はひんやりとしていて、豊かな水気が含まれている。

力強い水の匂いに包まれると同時に、ドスン……と地響きがした。

驚いて顔を上げたジュストの瞳が巨大な影をとらえ、煤で汚れた頬に冷たい水滴がぱたぱたと降ってくる。

「あっ、――！」

空からあらわれた魔物が深くまで裂けた口を開いて大量の水を吐いた瞬間、夥しい水蒸気が一気に膨れ上がった。魔物は意思を持つ炎に襲撃する隙をいっさい与えず、人間では消せない猛火をいとも容易く捩じ伏せる。赤い花々が散り落ちるように消えていく炎を、ジュストはまばたきもせず見つめた。

やがて水蒸気が風に流され、魔物の姿が夜空にはっきりと浮かぶ。

火炎の色に侵されていたジュストの瞳が紺碧色に染め直されていく——群青の星屑を纏う魔物は視界におさまらないほど大きくて、長い首と尾を悠然と動かしていた。隆々とした筋骨を覆う鱗は深い青や水色に煌めき、紅炎を反映させ、言葉にあらわせない不思議な色彩と輝きを放つ。青みを帯びた大きな翼と、夜風になびく美しい銀の鬣。そして、迷いなくジュストをとらえてくる、眩いばかりの金色の瞳。

「う、そ……？　フォン、ティーン、……？」

震えつづけている身体がさらにぞくぞくする。本当に、また来るなんて——それを切望し、名を呼んだのはジュストなのに、にわかに信じることができなかった。

この巨大な魔物は三度にわたる大火災をすべて消したドラゴンギルドの竜だ。

紺碧と水色の鱗を持つ竜は、一度目は鎮火させたあとジュストを一瞥しただけで飛び去ったが、二度目は火災現場に同じ子供がいたことに驚いたようで、大きな金色の瞳で見据えてきた。三度目で名を訊かれ、慄きながら答えると、魔物はフォンティーンという名の水を司る水竜であると伝えてきた。

そして四度目の今は、鬣の揺れる背に誰かを乗せている。竜の手伝いをするというバトラーしか思いつかないが、人形劇に出てくる襤褸を着た男とはまるで違っていた。

まだ炎で隔たれているけれど、ジュストからはよく見えた。竜の背に立つその人は、仕立ての良いテール・コートとウェスト・コートを着てアスコットタイを結び、髪を後頭部の高い位置で束ねている。女性みたいな綺麗な貌には片眼鏡が、耳には煌めく緑色のピアスが、白い手袋を嵌めた手には万物を断ち切れそうな緑色の鉞があった。

若いバトラーは恐ろしくないのだろうか、渦巻く大火の真ん中にいても平然としていて、猫のような瞳で周囲を睨みつけた。

「小規模の歓楽街とはいえ三十分足らずで焼け野原になるとは異様だな。酷似した火災と焼損はこれで四度目……原因はなんだ？　誰か！　生きてる奴はいないか⁉」

「リーゼ、生きているのは一匹だけだ。炎の向こうにいる」

「一匹だけ？　――おい、なんでそこだけ燃えてねえんだ」

あたり一面が黒焦げなのにジュストのまわりだけ草花が残っているという不自然な光景にバトラーは目を瞠り、「この火、まさか……嘘だろ」とつぶやく。

彼らが来てくれても震えは一向に止まらなかった。周囲から魔物扱いされることに怯えつづけてきたジュストは生まれてから一度も安堵というものを得たことがない。今も、猛火にさらされて焼き石のようになった身のうちにあるのは恐怖と混乱だけだった。

縦長の瞳孔をした鋭い金の瞳でジュストをとらえ、フォンティーンがまっすぐ近づいてくる。そのとき、ボウッ！　と音を立ててひときわ大きな炎の花が咲き、ジュストを飛び越えて竜とバトラーを呑み込もうとした。

「――っ、……！」

逃げてと伝えたいのに激痛を覚える喉は渇ききっていて声が出ない。覆いかぶさってくる火炎の獰猛さと熱さにバトラーは身構えたが、いっさい物怖じしないフォンティーンは冷静に口を開けて巨大な水の塊を吐いた。

猛炎と水の塊が空中で激しく衝突し、大気を震わせて消滅する。

また大量に発生した水蒸気の向こうからバトラーの声が聞こえた。

「やはりこれはただの火じゃないっ！　――〝焔花〟だ！」

焔花とはなんだろう。否、それよりももっと重大なことがあって、意思を持つ炎は今フォンティーンたちを燃やそうとした。

――そんなの絶対にいやだ、もうなにも燃えてほしくない……。

もし、意思を持つ炎が出現しないようにするための手立てを知っているなら教えてほしかった。だが訊ねることは叶わず、ジュストはひどい頭痛を覚えて朦朧としはじめる。

水蒸気が流れていったあとに見えたバトラーの顔には、先ほどまではなかった驚愕と、なぜか強烈な動揺が浮かんでいた。

「なぜ魔女の呪いが残ってる……!?　おまえ、美魔なのか!?」

焔花、魔女の呪い、美魔――激しい動揺を隠そうとしないバトラーは片眼鏡に炎を反射させて、聞いたこともない言葉ばかりをジュストへ向けてくる。

「わ……、わか……ら、ない」

ずっと熱くて息苦しくて、そう答えるのが精一杯だった。紫と桃色の瞳がみるみる翳んで、近くにいるフォンティーンとバトラーさえおぼろげになり、目を閉じたジュストはゆっくりと倒れ込む。

でも地面で頭を打つことはなく、小さな身体は広くて弾力のあるなにかに受け止められた。

「ジュスト。熱い」

弾力のある冷たいそれは、濃紺に艶めく鉤爪と蹼があるフォンティーンの前脚だった。

ジュストは残り少ない力を振り絞り、今一度願う。

「火……消して……。もう、燃え、ないで……」

「案ずるな、間もなく鎮火させる。ジュストに悲しい思いは二度とさせない」

そう言いながら、見ただけで震え上がってしまうほど恐ろしい世界最強の魔物は、大きな前脚でジュストを丁寧に包み込んでくれた。

焼き石みたいな身体が冷やされていく。煤で汚れた頰に触れてきた柔らかなものの正体がわからなくて、ジュストはうっすらとまぶたを開いた。

――……みずかき？　きらきら、してる……。

名しか知らない竜のことはまだ凄く怖い。でも半透明の蹼は天藍石で染めたみたいに鮮やかで七色の光を含んでいて、涙が滲むほど美しかった。

フォンティーンの掌の中は清冷な水を湛えた青い泉のようで、ジュストはそこにたゆたうみたいになった。

これまでずっと、つらいことと悲しいことしかなかったジュストは、オンディーヌの掌が作る紺碧の泉の底で安堵というものを生まれて初めて知る。

強い眠気を覚えてまぶたを閉じたとき、竜の背からおりたバトラーが前脚へ駆け寄ってきたようだった。

「ジュストだって⁉　じゃあこいつが、おまえの言う『必ず火災現場にいる幼子』なのか？」

「そうだ。美魔でまちがいないだろう」

「……。絶滅したとばかり、思ってた。信じられん……こんな小さな子供が魔女の呪いを背負っているとは……」

「魔女の呪いなど私の魔力で捩じ伏せる」

「ギルドで抑えるくらい訳ないが、それにだって限界があるだろ。フォンティーンはいつこの子供が美魔と気づいたんだ？」

「三度目の火災で気づき、今の火災で確信した。これは私に居場所を知らせるために、みたび炎を上げ、今宵また私を呼ぶため焔花を咲かせたのだ」

「へっ？　なに言ってんだフォンティーン？　……おい、おまえ、まさか」

眠りかけているジュストは、彼らがなにを話しているのかまったくわからない。

「子供だろうが、所有など絶対に許さんぞっ」というバトラーの怒鳴り声がずいぶん遠くから聞こえた。

「ジュストが私を呼び、四度にわたって私を求めた。従って――」

水竜の蹼に包まれて得た初めての安堵はきっとすぐに消え、帰る場所がないジュストはまた別の歓楽街へ連れて行かれてしまうのだろう。それは本当に悲しくて嫌(いや)だから、どうかこのまま二度と目が覚めませんように——強く望みながら意識を手放していくジュストの耳に、竜の声だけがはっきりと届いた。

「従ってこの小さな魔物(まもの)を私だけのものとする」

1

昨夜の冷たい嵐が嘘のように、穏やかな午後の風が結社をゆっくりと渡っていく。

事務室で書類を作っているジュストは、窓ガラスの揺れる音につられて文字を書く手を止め、色の異なる瞳で窓の外を眺めた。

眼鏡越しに見る雲ひとつない青空が「今すぐ出かけよう」と誘ってくるように感じられるのは、いつになく心が浮き立っているせいだろうか。ジュストがトントンッと書類を整えると、自席で事務作業をしている二人の同僚がその軽快な音に反応して顔を上げた。

物凄い速さでタイプライターを打っていたレスターは、ずり落ちた黒縁眼鏡を親指と中指を使ってかけ直し、現場主任のテオはニッと笑って言ってくる。

「早く上がらねえと竜たちの帰還に付き合わせるぞぉー」

「ふふ……それは困るな、急がなきゃ」

机の上を手早く片づけて席を立つと、ジュストは結社の紋章が刺繍されたバトラー専用のケープではなく私物のロングコートを片腕にかけ、焦茶色の革手袋と書類を持った。そうして上司へ提出する書類を、ウェスト・コート姿に腕貫をしている几帳面な同僚に手渡す。

「レスター、手間だけどよろしくね」

「はい、確かに預かりました。一緒に提出しておきます」

「ありがとう。悪いね、みんな忙しいのに僕だけ休ませてもらって」

「大丈夫ですよ、休むと言ってもたった半日じゃないですか。私はいずれ二連休をもらうつもりでいますから、そのときはよろしく頼みますね」

「二日の休みでどこへ行くの？」

「国境近くのジョトレイ天文台です。三百年に一度だけ見られるという、あの〝青い月〟の出現に合わせて最新式の天体望遠鏡を導入したと新聞に載っていました。当日の夜は五十名限りですが、一般人も天体望遠鏡で青い月を観測できるんですよ。最高の贅沢だと思います」

「へえ、それはすごい――」

〝青い月〟――レンズの厚い黒縁眼鏡を上げるレスターが何気なく口にした言葉に、ジュストは一瞬だけ身体を強張らせた。

「なるほどね、三百年に一度の天体観測か。貴重で贅沢だし、レスターらしいよ」

　しかしその動揺はいつも通り笑顔の下に隠して微塵も表に出さなかった。当然まったく気づかないテオが張り切って身を乗り出してくる。

「俺だっていつかは一週間の休みを勝ち取ってみせるぜ」

「主任はそんなに休んでどうするんです？」

　二十五歳のレスターは、事務室にいる三人の中堅バトラーのうちでは最後に入社した青年で、ひとつ年上のジュストにはもちろんのこと、同い年のテオにも律儀に敬語を使う。しかし後輩にあたるオリビエやエリスやアナベル、そして最も若いメルヴィネにまで敬語で話しているから、律儀ではなく単なる癖と言ったほうが正しいだろう。

レスターが訊くなり、テオは持っていたペンを右耳に挟んで得意気に腕を組んだ。

「豪華客船で南の島へバカンスと洒落込むのよ。青い海、輝く白い砂浜、レースのパラソルをさす可憐なお嬢さんの――」

「ドレスの裾がひらひらと……って？」

「そう、それ。たまんねえな」

「主任の妄想は相変わらず少年レベルですねぇ」

「うるせえぞレスター。レースのパラソルと裾ひらひらは永遠のロマンだろうがよ。一瞬でいいから細くて綺麗な踝を拝めますようにって、おまえは南風に運を託したくならねえのか？」

「うーむ、そう言われたら、確かに……。あながち否定はしきれません」

「あははっ」

仕事のときよりも真剣に論議するテオとレスターが可笑しくて、ジュストは細身を揺らして笑った。

竜とバトラーによって組織された結社・ドラゴンギルド――その責任者である筆頭バトラーのリーゼは事あるごとに『各々休暇を取れ』と言ってくるけれど、中堅バトラーが長期休暇を取るなど夢物語に等しい。ジュストが三か月ぶりに得た休暇はわずか半日だが、それでもありがたいと思うほどに、年長組のバトラーは常に多くの業務や雑務を抱えている。

しかし、休暇は取れなくても言うのは自由だ。だから時折、贅沢な仮想休暇をまるで過ごしたかのように披露し合い、歳も近く長い付き合いの三人は揃って快活に笑う。

そうしてひとしきり笑ったテオが、右耳に挟んでいたペンを持ち直しながら言った。

「ほら、出かけるんなら竜たちが戻らないうちに行かねえと、ジュストが今から休み取るって知ったら拗ねる奴らが出てきて面倒なことになるぜ？」

「フォンティーンやバーチェスあたりが力尽くで阻止してきますよ。私、シーモアに『いなくなったら、いやだ！』って両腕で締められたことがありますけど、死ぬかと思いました」

「そうなっても俺たち忙しいからほっとくぞー」

「本当だ、シーモアくんがひどい駄々をこねて、レスターは休むの諦めたことあったよね。そうならないように今すぐ出るよ」

ドラゴンギルドのバトラーたちが世話と補佐をする、世界最強の魔物――竜の一族。

竜とは、永生の竜母神ティアマトーの息子たちのことを指す。

アルカナ・グランデ帝国が興る遥か前よりこの地に棲むティアマトーは唯一の雌の竜であり、生と死を永遠に繰り返す不滅の身体は虹色の鱗で覆われているという。だが虹色の竜を実際に見た者は誰一人としていなかった。

竜母神ティアマトーは雄の竜だけを産み落とす。そして竜の兄弟たちは母御に植えつけられた本能に従って魔物や人間を守り、世界を守護し、純血種を完全に保持するため一代で死んでいく。

ひとたび認めた者に執着し束縛するという竜特有の習性と、支配と所有を貫く激しいまでの本能。それは、番うことも仔をなすことも許されないまま長い時を生き抜かなくてはならない彼らの凄烈な孤独に起因していた。

太古から孤高の存在でありつづけてきた竜にとって、今やバトラーは支配の本能をほどよく満たす〝そばにいて当然の生き物〟で、自分たちの縄張りに——ギルド内に姿がないと気づいた途端、さして用もないのに『なんでいないの？ どこ行ったの？』『なぜ連れ戻そうとしない？ 俺が行ってやろうか？』と問い詰めてくる竜がほとんどだった。

特に七歳から二十六歳の現在までドラゴンギルドで暮らしているジュストは、竜と過ごしてきた時間がテオたちよりも遥かに長い。兄弟の中にはジュストの言うことしか聞かない竜もいれば、ジュストを自分だけの所有物と決め込んでいる竜もいる。彼らに休むと知られてしまったら、怪力を持つ長い腕で縛められて外出を阻まれるのは確実だった。

だから通常、休暇を取ることはバトラー間だけで確認し、竜には伝えない。仮に誰かがいないことを察知した竜がごねだした場合、残っているバトラーたちで宥めるという暗黙のルールがあった。

「それじゃあ上がらせてもらうね。ゲートはかなりばたつくと思うけど、みんな怪我しないように気をつけて」

「おう、現場は任せとけって！ また明日な！」

「よい休日を。お疲れさまです」

ジュストがいないと気づけば半数近くの竜が拗ねて不平を言うだろう。わがままで気まぐれな彼らの機嫌をなおすことを最も得意とするバトラーはジュストであるため、不在中の様子が少し気にかかる。そして、フォンティーンは――。

――フォン……明日の朝一で話しかけても怒ったままだろうな。

ジュストを自分だけの所有物と決め込んでいるあの水竜は手がつけられないほど機嫌を悪くするに違いない。怒ったフォンティーンはバトラーを寄せつけないだろうし、テオやレスターたちが苦労するのは目に見えているから、ジュストは二人の同僚にもう一度「面倒かけるけど、よろしくね」と挨拶をして事務室を出た。

長い廊下のつきあたりには〝脱衣室〟と呼ぶドラゴンギルドの中枢部があり、この大部屋は竜が離着陸するゲートとつながっている。帰ってくる竜たちのために準備をしているのだろう、脱衣室からバトラーの声や賑やかな物音が聞こえてきた。

「あっ、ジュストさん」

「今日は午後からお休みですよね！」

仕事の邪魔をするつもりはなかったが、やはり気になって脱衣室の様子をうかがうと、積み重ねたバスタオルを持つエリスとメルヴィネが揃ってぱたぱたと駆け寄ってくる。

「うん、もう上がったよ。どう？　準備は大丈夫？　今から出かけるけど、少なくなってる備品はない？　急ぐものがあれば買ってくるよ」

「ありがとうございます、さっき二人で備品チェックしました、大丈夫でした！」

「でも、ぼく……、ジュストさんがいないと不安で……。その、フォンティーン、が……」

「メルヴィネってば、そんなこと言ったらジュストさん気になっちゃうだろ。せっかくの休みなのに。こういうときはジュストさんには内緒にして、テオや僕たちに相談するんだ」

入社当時は少し頼りなかったエリスだが、後輩ができてから成長し、今はずいぶんしっかりしている。エリスに肘でちょんと小突かれたメルヴィネは「あっ、すみません……！」と言いながら赤くなった顔をバスタオルにぼふっと埋め、ジュストは二人の微笑ましいやりとりに目を細めた。

だがメルヴィネが不安になるのはしかたない。バトラーは毎日、午後から竜の相手をすることにほとんどの時間と労力を費やすが、これは当番制になっていて、今日のフォンティーンの担当バトラーは彼だった。

メルヴィネもフォンティーンがひどく苛立つと予想しているのだろう。しかしフォンティーンは仲のいい兄竜・サロメが連れてきた小さな人魚のことを甚く気に入っているから、たとえ不機嫌になりバトラーたちを寄せつけなくなってもメルヴィネだけは突っ撥ねないとジュストは見込んでいた。

長軀を少しだけ屈めたジュストはエリスとメルヴィネの腰に左右の手をそれぞれ添え、にっこりと笑う。

「フォンは怒ってもメルヴィネには強く当たらないから大丈夫。フォンのほかにもご機嫌ななめになる仔がいるかもしれないけど、気にしすぎは逆効果だよ。いつも通り一緒に過ごして、でもいつもよりちょっとだけ優しくしてあげるといいかも。テオが『現場は任せとけ！』って言ってたから、竜たちの洗浄とオーバーホールをするときは三人分くらいの力を発揮してくれるはずだし、なにも不安に思わなくていいよ」

「はいっ、わかりました」

「あれ……テオさん、ぼくには『今日はジュストがいないから、最初の竜が帰還したらすぐさまリーゼさんを呼びに行け。非常事態って伝えて、絶対に連れて来いよ』って指示を……」

「えっ？」

「それほんと？」

「あ、あれっ……」

　現場主任の思いもよらない言葉にジュストとエリスとメルヴィネは顔を見合わせる。

先ほど『現場は任せとけって！』と言っていたテオは格好よく、ジュストは頼りがいを感じたのだが、彼は早々に根まわしをしていたようだ。それに気づいた三人は一瞬きょとんとしたあと「あはは！」と笑った。

「そうか、テオの指示なら、ちゃんとボスを呼びに行かないとね。いつも言ってるけど、竜の洗浄中に怪我しないのもバトラーの大事な仕事だよ。エリスもメルヴィネも今日は滑らないように頑張って。可愛いおしり打たないようにね」

　普段の調子で甘くささやくように言いながら二人の尻を撫でると、彼らは同時に「わあっ…

「……、はい！」と元気よく返事をする。ジュストはくすくす笑ってエリスとメルヴィネへ手を振り、脱衣室をあとにした。

帝国内各地へ任務に赴いている竜たちの帰還が始まれば、今日も発着ゲートと脱衣室は戦場と化す。

バトラーたちがゲートで行う竜の洗浄やオーバーホールは死と隣り合わせと言っても過言ではなかった。猛毒である竜の血を浴びる恐れも、竜に踏まれて肉体が潰れ骨が粉々になる危険も付き纏う。しかし恐怖心に負けてしまったらバトラーはつづけられない。そうしてギルドを去っていく者を、ジュストは十九年のあいだに何人も見てきた。

幸いにもこの数年、大事故は起こっていない。洗浄中に竜の巨体から滑り落ちるなどの小さなアクシデントは茶飯事だが、現在の後輩たちは見た目は可憐ながらも性根の強い者が多く、怖がらず懸命に竜を洗う。

熱心に働く仲間が今日も怪我なく仕事を終えられるように。そう願ったジュストはエントランスホールを抜け、ドラゴンギルドの大扉を開いた。

「寒い――」

一陣の風がアプリコットオレンジの髪を乱暴に撫でていき、ジュストは急いでロングコートを着て焦茶色の革手袋を嵌めた。冬の盛りが過ぎ、柔らかな陽光が降り注いでいるとはいえ風はまだ冷たい。

でも、寒いほうがよかった。このままずっと冬であってほしいとさえ思う。

白い息が青空へ溶けていく様子を紫と桃色の瞳で追いながら、「寒いままがいいな」と言葉にした。毎年、冬の終わりが近づくたびに同じことを強く願うのは、春はジュストに暗鬱しか齎さないからだった。

「…………」

春の夜のことを考えるだけで気が滅入る。大扉の前で立ち止まったまま、革手袋を嵌めた手でロングコートの襟を掻き合わせた。

春が来れば——〝美魔〟の血が騒ぎ立ち、身体が甘ったるい匂いを放って、抑えが利かないほど激しく雄の体液を求めだす。己が美魔という多淫な魔物の一族であること、そして〝魔女の呪い〟を背負う者であることの二重苦に、ジュストは心底辟易していた。

——ご先祖さまが淫魔じゃあ足掻きようがないけど。……でも呪いは、どうにか……。

魔女の呪いだけは、なんとしてでも解かなくてはならない。焦燥に駆られたジュストは唇を噛み、冷たい微風に揺れる杏色の髪を片耳にかけた。

自分が魔物であることを隠しも明言もしないが、テオやレスターはわかっているし後輩たちも気づきはじめているだろう。魔女の呪いを受けていることは、名目上の父であるリーゼと、フォンティーンを含む年長組の竜しか知らなかった。

しかし十年以上ものあいだ誰も話題にしないから、リーゼや竜たちは古ぼけた呪いのことなど忘れ去ったに違いない——。

美魔の一族は、淫魔から派生した魔物の一族だった。

魔物狩りが始まって五十年以上が経った現在も淫魔は最多生息数を誇っているが、美魔はことごとく死に絶え、ジュストが残された唯一の末裔である。

肉欲と多淫を司り、種を残すことに特化した淫魔は、あまり頭脳を使うことがなく非常に陽気な性格をしており、かつては魔女や魔獣の使い魔だったという。淫魔はなんの考えもなしに魔物や人間の雌に種付けをし雄の精液を奪うが、美魔は高い知能と美しい容姿を得て気位の高い種族へと独自の進化を遂げた。

その結果、美魔の一族は祖である淫魔を蔑視するようになった。

だが見下したところで根源は淫魔となんら変わらず、性愛行為をとりわけ好む美魔は、雄の体液を定期的に摂取しなければ正気を保てない。ジュストはこの淫猥で忌まわしい事実に何度嫌悪を覚えたか知れなかった。

自身が持つアプリコットオレンジの髪や紫と桃色の瞳も、一目では性別が即断できない妖麗な姿形も、少年のころから身体に染みついている強い色香も、すべてが雄を誘惑し体液を放出させるための道具に過ぎない。

疎ましいばかりのこれらを少しでも消したくて、ジュストはドラゴンギルドで暮らすようになったときから色の異なる瞳を眼鏡で隠している。養父に頼み込み、バトラーの仕事を教わりながら学校へ通わせてもらい、独学で魔物専門の医師になったのは、雄の体液の代わりとなる薬を見つけ出すためだった。

己の肉体を何度も実験台にして研究を重ねた末、二十歳のときに抑制剤と呼べるものが完成し、現在はそれを注射することでどうにか身体をごまかせている。だが抑制剤が効くのは初夏から冬の終わりまでだった。

春は殊更に美魔の血が騒ぎ立つ――。

なんの前触れもなく身体が熱くなり、雄を誘う甘い匂いが股座からあふれてくる。そうなってしまったら、どれほど大量の抑制剤を打っても駄目だった。

魔物でも人間でもいい、とにかく雄の体液を飲まなければ気が済まなくなる。体液ならなんでもいいとはいえ唾液は薄くて味気なく、血液は多量摂取が難しい。断じて認めたくはないが、熱く淫らになった精神と肉体を鎮めるには精液が最も効果的だった。

「ほんともう……美魔って最悪だな」

淫乱なくせして下手に知能なんか持つから滅ぶことになったんだ。なにも考えずにニコニコ交尾しまくる淫魔のほうがよほど可愛げがあって潔く見える――長年の訓練によって、普段は苛立ったり心を波立たせたりすることがほとんどないジュストだが、焦燥のせいで一瞬だけ感情のコントロールを忘れてしまった。すぐに焦りを抑え、誰にも伝えられない繰り言を心の中で握り潰す。

脳内で「体液など必要ない」と決めつけてもまったく無駄で、ジュストは春になれば夜ごと歓楽街へ向かい、名も知らぬ男娼の陰茎をくわえなくてはならなかった。春の盛りが近づくほどに身体は貪欲になり、より濃厚な白濁を求めて軍人や政府の高官が出入りする高級クラブへ通うようにもなる。

紫と桃色の瞳で誘惑するだけで軍人たちは異様な興奮を見せてくるが、ジュストは性器の挿入は当然のこと、陰部に触れてくることすら絶対に許したくない。だからセックスを回避し口内射精だけで男たちを満足させるための話術や技巧を必死で身につけてきた。

なにもかもが、どうしようもなくばからしい。

「最悪なのは美魔じゃなくて僕だ……」

好意の欠片もない男の陰茎にしゃぶりつく己を想像すると、あまりの腹立たしさと情けなさで眩暈がしてくる。頭の中では「不味い、最低で最悪だ」と憤り、それでも雄の体液を貪る春の夜は、ジュストにとって地獄でしかなかった。

「……ああ、寒い、さむーいっ。早く車に乗ろうっと」

おのずと口に出る「寒い」という言葉や白い息が味方になってくれる。こんなにも寒いのだから、まだ春は来ない、まだ大丈夫と自分に言い聞かせることができた。

それに、ようやく取れた三か月ぶりの休暇に塞ぎ込むなんてもったいない。ジュストは眩いばかりの青空を見上げ、暗澹とした気持ちをフフッと笑い飛ばし、正門の近くに駐めているギルド専用の自動車へ駆け寄った。

ドラゴンギルドは自家用馬車を所有しておらず、竜たちの要望に応じてバトラーが貸し馬車を手配する。自動車は筆頭バトラーが好まないため利用しない。ではなぜ結社の紋章が施された専用車があるのかというと、精密機械をいじるのが得意なフォンティーンが『ジュストの車を製造する』と言いだし、本当に作ってしまったからだった。

「車が欲しいって言った憶えないんだけどなぁ……」

フォンティーンの自動車作りに付き合わされた、ジュスト自身を含むバトラーたちの大変な苦労を思い出すと笑ってしまう。

しかし車は思いのほか便利だったからジュストだけのものにはせずに、リーゼに頼み込んでなんとかギルド専用車にしてもらった。テオとレスターも運転を覚え、竜たちはゆったりとした後部座席に座る。中でも風竜のオーキッドやガーディアン、土竜のバーチェスは遠乗りを気に入っているようだった。

帝都には馬車と蒸気自動車とガソリン自動車が混在しているが、フォンティーンが製造した車は馬でも蒸気でもガソリンでもなく、竜の強靭な魔力を原動力とする。何度も説明された詳しい仕組みは今もよくわからないけれど、フォンティーンに教わった通り作動させれば問題ない。ジュストはドアを開けて運転席に乗り込んだ。

『ジュストの車を製造する』と言いながらもフォンティーンは自身の巨軀に合わせて作ったようで、車体もシートもハンドルもすべてがひとまわり以上大きい。身長が十三・四テナー（約百七十八センチ）のジュストでもそう感じるくらいだから、小柄のエリスやアナベルやメルヴィネは運転できないだろう。

背と背凭れのあいだにクッションを挟んでハンドルとの距離を調節すると、ロングコートのポケットから手帳を取り出す。

「………」

それは紋章が箔押しされたギルドの手帳ではなく、ジュストの私物だった。

十三歳になったばかりのころにフォンティーンが贈ってくれたもので、ベージュ色だった革製のカバーは飴色を過ぎて茶色になり、中の用紙も端が色褪せている。

開けばいつも、かさ、と乾いた音を立てる古い手帳には、魔女の呪いや美魔に関わる情報を書き込んできた。養父から教わったことや自身で調べたこと、根拠のない言い伝えまで、その内容は多岐にわたる。

最初のページを白紙にしておくのはジュストの癖だ。次のページには十三歳の少年が書いた文字が残っている。過去、何度もそのページを皺くちゃにして破ろうとするたび、どうにか思い止まってきた。

皺だらけのページを開き、拙さの残る文字で記載したふたつの短い言葉を目で追う。

【身に危険が及ぶと焔花が咲く】

【愛する者を破滅へ導く】

かつて魔女が美魔の一族にかけたふたつの呪い。そして最後の美魔になった自分だけが背負わされている呪いに、ジュストは静かに肌を粟立てた。

七歳のときに四度も見た、意思を持つ炎。まぶたを閉じるだけで鮮明に浮かんでくるあの恐ろしい炎の花々は、ほかの誰でもない、ジュスト自身が生み出したものだと教えられた。仮初めの父子関係となったリーゼから真実を聞かされても怖いばかりで、信じられなかったし信じたくなかった。

だが今は理解できている。炎の花が咲いたのは、四度ともジュストが男に襲われて泣き叫んだときだった。すべてを焼き尽くす猛炎がジュストだけを燃やさないのは、炎の主だから。

人間が水をかけても消えないのは焔花に魔女の凄まじい呪力が宿っているからだ。

嘘であってほしいと願うジュストを嘲笑うかのように、愛する者を破滅へ導く呪いも、ドラゴンギルドに来てから発動した。そのときもフォンティーンたちが強靭な魔力を使って助けてくれたけれど、リーゼも竜たちも完全に忘却したあの痛ましい事故を、ジュストだけは絶対に忘れることができない。

かさかさと音を立てながら色褪せた紙をめくっていく。

【キーロスタの球根、ダチュライリ草、ロシの実、カナベス石】

【〇・六二／〇・二一／〇・一七――不可。〇・三八／〇・三一／〇・三一――不可……】

三十ページにわたって記載した、馴染みのない植物名や鉱物名と夥しい数値の羅列は、失敗に終わった抑制剤の原料と調合比率だった。

美魔の淫乱性を抑え、かつ雄の体液の代わりになりそうなものを片端から試してきた。しかし次第にジュストでは入手できないものばかりになってくる。

灼熱の砂漠の地下で生成された鉱石、誰も登頂できない嶮山だけに咲く草花――それらを採ってきてくれたのはフォンティーンをはじめとする竜の兄弟たちだった。

彼らの助力がなければ美魔の血は抑えられていない。世界最強の魔物たちの庇護がなければ、魔女の呪いを持つ者がこんなにも恙なく暮らすことなど絶対に叶っていなかっただろう。

だからフォンティーンや兄弟たちにはいつも感謝している。呪いを宿す子と知りながら名目上の父となってくれたリーゼにも。

でも、感謝はしているが、ジュストは彼らを愛していない。

竜や後輩バトラーのことをごくたまに『愛しい』とか『可愛い』と軽々しく口にするけれど、あれはただのでまかせで本当は親愛の情すら持っていなかった。

「そう……想ってなんかない」

己の身のうちに巣くう呪いに強く言い聞かせるため、紫と桃色の瞳をすっと細めて低い声を出す。

「僕がうっかり愛しちゃったらボスもあの仔たちもみんな破滅するからね」

竜たちの強靭な魔力で呪いを抑えてもらっているとはいえ油断は禁物——ジュストは苦笑したあと深い溜め息をつき、ページをめくる手を止めた。

古くなった用紙を無意識に握り、また皺を作ってしまう。

「わかってる、魔女の呪いはしつこくて残酷だってこと。だからあの仔たちに抑えてもらうだけじゃだめなんだ。絶対に解かなければ……」

一瞬で町と人々を焼き尽くすあの〝焰花〟を二度と生み出すわけにはいかない。

ドラゴンギルドでともに生きる竜たちや仲間を、そして自分自身をごまかすのは、もう終わりにしたかった。

なにも書いていない白紙のページは残り少なくなっている。ジュストは十九歳のときにようやく並べて記載できたよっつの言葉を、焦燥と希望を綯い交ぜにした瞳でなぞっていく。

【・青い月　・水竜の涙　・瑠璃の泉　・天藍石の花】

長いあいだ調べつづけて辿り着いた、魔女の呪いを解くとされる〝四種の青〟。

しかしこれらがどのように作用するのかわからない。その在り処すらまだ判明していないものもあった。

先ほどレスターが言っていた〝青い月〟――それが魔女の呪いを解くために必要不可欠であることを教えてくれたのはリーゼだった。

『古代に、魔女の祖と満月とのあいだで恒久の契約が交わされた。以来、満月は三百年に一度、魔物の血を持つすべての者の魔力を解放・増幅させる青い光を放つようになったという。呪いを解く条件に青い月を使うのは魔女たちの癖だ』

三百年に一度の青い月が昇る夜は二週間後に訪れる。

焦っても意味はないとわかっているけれど、生涯に一度きりの機会が迫っているかと思うと、焦燥を抑えるのがだんだん難しくなってくる。

〝水竜の涙〟はサロメやキュレネーに頼めば美しい紺碧の雫を与えてくれるだろう。それ以前に、「私の涙を使え。私に涙を落とせと言え」と詰め寄ってくるフォンティーンの姿が容易に想像できた。

竜の血は猛毒、涙は薬、精液は永遠の若さの源――アルカナ・グランデ帝国に生きる者でこの伝承を知らぬ者はいない。

精液は竜の最大の謎とされ、その正体を暴きたい政府や帝国軍は噂だ虚偽だと騒ぎつづけているが、ドラゴンギルドにおいては全員が真実であると知っている。竜の血を浴びた人間は即死・魔物は悶死することや、竜の涙が薬や護符になることは魔物のあいだでは周知の事実であり、帝国側も複数の実例を認めていた。

成体となった竜は人型を得ると同時に落涙できなくなる。己の涙は万物に影響を及ぼす劇薬であると本能が正しく理解するようになるからだ。人間が頼んでも涙は出ず、魔物たちが「涙を落としてほしい」と乞うことによって初めて分泌される竜の涙液には、抉れた肉体や折れた骨も一瞬で再生させるほどの強い魔力が宿っていた。

「あとは、〝瑠璃の泉〟と〝天藍石の花〟……」

このふたつがジュストをひどく懊悩させる。

手がかりがあまりにも少なすぎた。国立図書館で歴史や伝承にまつわる本を借りても魔女の呪いのことなど載っているはずがない。ジュストはフォンティーンが所持する大量の書籍を読み漁り、御伽話を集めた古い本にようやく関わりのありそうな一文を見つける。

【魔女たちはこの世界のどこかに、おのずと湧きいづる瑠璃色の泉を作り、泉の底に自分たちの宝物を——竜の鱗や宝石、魔薬と薬草、人間の臓器や性器を隠しました】

これを単なる御伽話で終わらせることができないジュストは、縋る思いで【瑠璃の泉】と手帳に書き込んだ。

十六歳のころからはハーシュホーン通りへ行って魔物たちに話を聞いてまわり、魔女の使い魔だった淫魔を訪ねるため列車に乗って遠出もした。

多くの淫魔に会ってきたけれど、あまり頭脳を使わない陽気な彼らは『忘レチャッター。ソレヨリ交尾シヨウヨ』と誘ってくるばかりで、なにも知らなかった。

しかし十九歳のとき、寿命を終える間際の淫魔に出会う。

『瑠璃色ノ泉、アルト思ウ。大昔、主ガ言ッテタ。泉ノ底ニ、黒クテ青イ天藍石ノ花ガ咲イテル。天藍石ノ花ハ呪イヲ殺ス』

『天藍石の花ってなにっ？　呪いを殺すってどういうこと？　……苦しいよね、しゃべらせてごめんね。でもお願い、あとひとつだけ聞かせてっ……泉はどこにあるの？』

高齢とは思えないほどに、淫魔の肌や唇は瑞々しかった。その唇から思いもよらない言葉が出てきてジュストは激しく動揺する。彼女の言う『主』とは魔女に違いない。寝台に縋りつき必死で訊ねたが、淫魔は『知ラ、ナイ……』とつぶやいて息を引き取った。

瑠璃色の泉はいつどこに湧くのだろう。泉が見つかったとして、その底に咲くという天藍石の花をどうすればいいのだろうか。

残された手がかりが少なすぎて、また思ってしまう。魔女たちは美魔に呪いを解かせないために、揃えるのは不可能に近い条件を定めたのだと。呪いを欲したのは美魔の一族なのだから、末裔まで苦しむのが当然であると——この考えに囚われそうになるたび、ジュストは「魔女ってば、いじわるだよねぇ」と苦笑して終わらせる。

「大丈夫……見つかる。青い月が昇るまでに必ず見つけてみせる」

今度こそ〝瑠璃の泉〟の在り処と〝天藍石の花〟の作用を突き止めるために、同僚や後輩たちに迷惑をかけてまで半日の休暇を申請したのだ。ジュストは手帳をしまってウェスト・コートのポケットから金色の懐中時計を取り出した。

ドラゴンギルドの紋章が彫刻された懐中時計は、一年に一度フォンティーンの点検を受け、十九年のあいだ正確に時を刻みつづけている。今は午後一時四十六分をさしていた。ハーシュホーン通りにある〝名無し書店〟へまっすぐ向かえば、六時間くらい滞在して書籍の閲覧ができるだろう。

「ボスに頼まれてる紙巻き煙草も忘れないようにしなくっちゃね」

ブロロ……と発車音を唸らせて、ジュストが運転する車は正門を通り抜けた。

道路へ出ると車の窓ガラスいっぱいに岩山が映る。鋭く切り立った岩壁には〝巣〟と呼ぶ竜専用の巨大な部屋が幾つも埋め込まれていて、下方にみっつの発着ゲートが並んでいた。

結社・ドラゴンギルドは、生き物が到底棲息できない断崖絶壁にあった。

竜の巣のひとつひとつには美しい彫刻や浮き彫りが施されており、その壮麗さはアルカナ大帝の宮殿群に引けを取らない。ジュストたちバトラーが着ている制服の仕立ての良さといい、昔に養護施設で見せられた人形劇とはまるで違う。

魔女ジゼルも然りで、彼女は『帝国のえらい人たち』に泣いて縋るなどしていない。苛烈な魔物狩りがつづく最中、魔物たちの存続を竜の一族に託し、彼らの絶滅を回避するために、みずから心臓に短剣を突き立ててドラゴンギルドを創立した。

『ドラゴンギルドの竜を狩ったとき、アルカナ・グランデ帝国は滅亡する』――ジゼルがその命と引き替えに遺した不朽不滅の呪いは、三十年が経った現在も政府の人間と帝国軍を脅かしている。

「無敵なボスのママだもんね。ジゼルお祖母ちゃまが泣くはずない」

竜母神ティアマトーと並んで伝説と化した最強位の魔女・ジゼル。血のつながりもなく会ったこともない彼女のことをジュストは親しみを籠めて祖母と呼ぶ。そうすることで、美魔の一族に呪いをかけた魔女たちを恨まずにいられた。

繰り返し見せられた人形劇を退屈でつまらないと感じていた理由が、今はよくわかる。なにもかもがでたらめだったからだ。

ドラゴンギルドが帝国軍の末端に位置づけられ、軍服の着用を厳命された竜が『一匹』ではなく『一機』と数えられるようになっても、魔物狩りを免れる代償に自由を失い労働を強いられても、竜たちは帝国軍の下僕などにならなかった。彼らは現在も世界最強を誇り、すべての生き物の頂点に君臨し、魔物と人間と世界を守護しつづけている。

監視目的と侮辱を籠め、岩の壁しかないここをギルドの設置場所に指定したのは当時の政府らしい。でも、断崖に装飾豊かな部屋が連なるさまは有翼種の棲み処そのもので、ジュストはこの風景を誇らしく思っていた。

緩やかなカーブに沿って車を走らせると、ドラゴンギルドと岩山を挟んで背中合わせに建つアルカナ大帝の宮殿群が見えてくる。

近代化が進む帝都の中心地やベルガー商業地区とは異なり、アルカナ大帝の住む宮殿は重厚で美麗なゴシック様式を保持していた。広大な敷地内には群れを成すように建つ宮殿や、神々の黄金像を戴く三十二の尖塔のほかに、政府の中枢である議事堂と帝国軍の総司令部が存在する。

この宮殿群で生まれた中世の栄華と繁栄が産業革命の幕開けを導き出し、科学力と軍事力と莫大な資産を手にしたアルカナ・グランデ帝国は超大国へと上り詰めた。やがて人間たちは、魔物という人ならざる存在に世界の統治者の座を奪われることを恐れ、〝魔物狩り〟を発令し、それが美魔の一族にかけられた魔女の呪いへと派生していく。

「………。宮殿群はいつ見ても綺麗で──、不思議だな」

竜を殺したくても殺せない政府と帝国軍。魔物の統率者でありながら、魔物狩りを行う人間までも守護しなければならないドラゴンギルド。共存共栄の道を完全に棄て、決して消えることのない矛盾と軋轢を抱えてもなお、三者は巨大な岩山でつながっている。

その歪にも見える光景を、色の異なる瞳に映す。ただただ不思議に思いながら。怒りや憎しみは持たないよう心がけているから、魔物たちに数多の恥辱や苦痛を与えてきた帝国軍への感情も、特にない。

ジュストはスピードを上げてアルカナ大帝の宮殿群を追い越した。

なだらかな道路を二十分ほど走って国立植物園と公園を抜け、高級住宅街や格式高い老舗ホテル街を過ぎると、アーイルス川が水の香りを運んでくる。

幅の広い川には異なる時代に架けられた八本のブリッジがあり、当時の建築技術と様式美を競い合っていた。ジュストが進む橋は二番目に古く、交通量が最も多い。

橋を渡りきった途端に雰囲気が大きく変わるのはいつものことだった。馬車の行き交う車輪の音、男たちの大声、馬の嘶き、けたたましい警笛――ジュストの車は帝都の中心地特有のざわめきに包まれていく。赤色に変わった信号機に従って車を止め、窓から仰ぎ見れば、そこには巨大な時計塔がある。

天を衝くほど高く伸びた時計塔は、帝国の技術革新と経済発展の象徴であった。

「眩し……」

太陽の光を鋭く反射させる時計塔にぱちぱちとまばたきをする。美魔や淫魔は夜行性だから明るい空間では目が見えにくい。ジュストが眼鏡をかけているのは色の異なる瞳を隠すためだけではなく、視力を補強するためでもあった。

常に多くの馬車や蒸気自動車が往来する時計塔の足元を抜け、ベルガー商業地区に着いたジュストは車を道路端に駐めた。ハーシュホーン通りへはここから歩いて向かう。

結社の紋章が刺繍されたリボンタイはドラゴンギルドで働くバトラーだけが結ぶもので、それを外してロングコートのポケットに入れるといよいよ休日の気分が高まってくる。

「一人で来るの、ほんとに久しぶりだな……」

ジュストが帝都の中心地へ来るときは、竜の趣味や遊戯に付き合っているときだ。彼らは外出時に必ずバトラーを同行させなくてはならない。

一人で街へ来るのは、春の夜以来だった。

車からおりてドアを閉めると、街の喧騒が聞こえるよりも先に多くの視線を感じた。道行く人々が気にしているのは立派な自動車ではなくジュストのほうだとわかっているが、いつも通り素知らぬふりをする。

紫と桃色の瞳やアプリコットオレンジの髪を目で追ってくるのは、どこかの店の支配人と秘書らしき者、若妻と腕を組んで歩く夫、馬車を操る御者——彼らのような、美魔の匂いに惑わされやすい体質を持つ気の毒な男性は少なくない。

抑制剤はよく効いていても、やはり雄を誘惑する匂いが漏れてしまっていた。その甘ったるい匂いに反応する彼らの中にはなんの疑問も抱かず、とにかくジュストに近づきたくて声をかけてくる者がいる。

ジュストが人の集まる場所に溶け込めることは少ないが、こうして見られるのが常だから慣れきっているし平気だった。しかし今は貴重な休日を邪魔されたくない。ハーシュホーン通りへ向かうジュストは次々と集まってくる視線を無視し、声をかける隙を与えず石畳の道を足早に進んだ。

ハーシュホーン通りは通称〝魔物通り〟と呼ばれる、魔物の血を持つ者たちのための高級商店街である。人間は入ることはおろか見つけることもできない魔物通りの歴史は非常に古く、この国がアルカナ・グランデ帝国になる前から存在していると聞いた。

ベルガー商業地区からハーシュホーン通りへつづく小道に出ると、華やかな喧騒が嘘のようにひっそりとする。人通りも疎らになるがそれはいつものことで、衆人の目から解放されるジュストは寂しげなこの小道のほうが歩きやすかった。

「……？」

ふいに違和感を覚え、歩みを止めないまま背後に集中する。

男につけられているようだった。背や杏色の髪に鋭い視線を感じるし、一定の距離を置いて同じ足音が聞こえてきている。春の夜に付き纏われることが多いジュストはさして驚きもせず落ち着いて聞き耳を立てた。

──もしかして……軍人、かな。……僕を犯したいわけ？

男は抑えているつもりかもしれないが、石畳を叩く足音はジュストが毎日耳にする踵の高い軍人用のロングブーツと同じものだった。

軍人と思しき男がジュストをつけてくる目的は強淫しか思いつかない。美魔の匂いに惑わされやすい男たちにも差があり、接触してきても撥ねつければ諦める者と、やしつこく食い下がってくる者がほとんどの中、最初から犯すことしか頭にない者も稀にいた。

少年のときは耐えられない恐怖に泣き叫ぶことしかできず、焔花を発生させてしまったが、今はあしらう手立てがあるため恐ろしくない。

──面倒だな。

手立てはあっても相手をする気がまったく起きなかった。ここはすぐにでもハーシュホーン通りへ入って男を撒くのが賢明だろう。ジュストは角を曲がって裏路地へ踏み込むと、急ぎ足で細い道を進んでいく。

迷路のように入り組んだ路地の石畳はいつも濡れていて奥へ行くほど暗くなるけれど、夜行性のジュストにはよく見えた。道の片隅で身を寄せ合っている小さな魔物たちを驚かせてしまい、「あっ、ごめんね」と謝りながら〝行き止まりの壁〟を片手で軽く押せば、そこはもう魔物たちだけの高級商店街・ハーシュホーン通りである。

「魔物通りも一人で来るのは久しぶりだな」

商店街の仕組みがどうなっているかはあまり知らない。身体に魔物の血がわずかでも入っていれば〝行き止まりの壁〟を抜けられるようだった。

ここは異空間らしいが、不思議なことに天候や時の流れは帝都と同じで、この先にある広場からは時計塔も見える。陽光に包まれた本通りを往来する魔物たちは多種多様の仲間がいることを理解しているから、奇妙な色や姿形の者がいてもじろじろ見るような真似はしない。

自然と買い物客に交ざったジュストは商店街の外れにある〝名無し書店〟を目指して歩きだした。

道の両側には仕立屋や靴屋、帽子専門店、玩具店や雑貨屋が連なり、商品が並べられている陳列窓はひとつずつ立ち止まって見たくなるほど洒落ていて楽しい。本通りから分かれた路地には薬局や怪しげな精肉店や毒キノコの専門店などがある。商店街の中央は子供たちが回転木馬やブランコで遊べる広場になっていて、その周囲は珈琲店や酒場で賑わっていた。

ジュストが初めて魔物通りに来たのは八歳のときで、少し怖かったからフォンティーンに抱き上げられて壁を抜けた記憶がある。パーラーで果実とアイスクリームの盛り合わせを食べたあと、カラフルなフラッグが吊るされた賑やかな広場で遊び、リーゼには内緒という約束をして、宝石みたいにきらきらした菓子をいっぱい買ってもらった。

でも結局ボスにばれて『こんなに食ったら虫歯になるだろ！』って怒られたんだっけ——先ほどの男を完全に撒いたジュストは、ぼんやりと追憶しながら何気なく振り返る。

そして色の異なる瞳を見開いた。

「そんなっ……どうして？」

普段は取り乱すことなどないのに不覚にも驚愕してしまう。多くの買い物客を隔てた雑貨屋の陰に、撒いたはずの男が立っていた。

やはり軍人に違いない。軍帽をかぶっていなくても、纏っている長い外套や、そこからわずかにのぞく立襟が軍服特有のものだとわかる。

男に見つめられ、はっとなって前へ向き直った。軍人が——人間がハーシュホーン通りに入るなんて絶対に起こり得ない。そう考えたあとに、ふと気づく。

「魔物？　帝国軍にいる……」

自分で思いついておきながら、すぐには信じられなかった。正体を伏せて帝国軍に所属している魔物は確かにいるが、ジュストが知っているのはリーゼと懇意にしている法務将校だけで、ほかにいるとしても把握できていないしあの男のことも知らない。

単に付き纏われて面倒としか思っていなかった男に、ジュストは初めて不審のようなものを抱く。凝視してくる薄茶色の目に宿るものがなんなのか、判断できなかった。

蔑み、奇異、恐怖、妬み、好意、欲情——数えきれないほど多くの者たちに見られてきたからこそ、ジュストはその者の目があらわす感情を読み取ることができる。だが軍人の瞳にあるものは、これまで向けられてきたものとは異なっていた。

本当に一瞬見交わしただけではわからない。初めて向けられる感情の正体を知るために、もう一度振り返って軍人を見据えようとしたとき、ふいに嗅ぎ慣れた力強い水の匂いがした。

「え。——まさか」

嫌な予感を覚えるよりも早く、水の匂いを纏う大きな塊が飛んでくる。ダンッ！　と石畳を打ちつける靴音がして視界が銀灰色の軍服でいっぱいになった。肩をびくつかせるジュストの目の前を、長い銀髪がさらさらと流れ落ちていく。

見上げたそこに、眉間に深い皺を刻む美丈夫が立っていた。

「ええっ！　フォンティーン⁉」

「なにをふらついている。なぜ私に黙って外出した？」

「うそでしょ……なんで来るわけ？　信じられない！」

驚いた拍子に物凄く大きな声が出て、通りを行き交う魔物たちに見られてしまった。

ドラゴンギルドの軍服を纏ったフォンティーンはジュストの文句を無視して立ち塞がってくる。その距離は、鼻先が軍服に施された紋章に触れそうなほど近い。十五テナー（約二百センチ）の巨軀と長く伸びた角、そして厚い胸板を持つフォンティーンは、十三・四テナー（約百

七十八センチ）のジュストから見ても壁のようだった。

今日だけは追ってこないという確信があった。でも、そんなわけがない。

どうして甘い考えを持ってしまったのだろう。それほど〝四種の青〟ばかりに気を取られていたということだろうか——近すぎるフォンティーンから逃れるため、一歩うしろへ下がりながら雑貨屋へ視線を向ける。

「あっ……」

正体のはっきりしないあの男が、いなくなっていた。

つい今まで雑貨屋の陰からこちらを見ていたのに。いったいなんだったのだろう。

もしかしたらジュストが過敏になっていただけで、男は単に商店街に用件があったのかもしれない。帝国軍に所属する魔物がハーシュホーン通りへ来るという状況は極めて稀だが、起こり得ないことではなかった。

軍人が立っていた場所に目を向けたまま考えを巡らせていると、急に顎をつかまれ、ぐい、とフォンティーンのほうへ戻された。

「ちょっと……痛い、放してよ」

「余所見をするな」

所有の本能が満たされていない水竜の怒気は物凄く強い。

でもジュストを乱暴に扱いたくないから、怒りをどうにか抑え込もうとしているのが伝わってくる。フォンティーンの力は強くて顎をつかむ大きな手も荒々しいのに、一緒に過ごしてきた歳月が長すぎてそんなことまでわかってしまう。

「べつに余所見なんかしてない」

怒る竜を前に、余計な考えを巡らす暇はないと判断したジュストは軍人のことを忘れた。

フォンティーンの金色の瞳は苛立ちから縦長の瞳孔が限界まで狭くなっている。そこに紫と桃色の瞳をからませると、顎を持つ手の力がわずかに緩んだ。

真夏の炎天下ですら汗をかかないというのに、いま見上げるフォンティーンは頬やこめかみに汗を浮かべていた。

「ジュスト。黙って外出した理由を言え」

「休みだからに決まってるでしょう」

「ならばなぜ私に休暇と伝えない？」

「フォンに言ってたら、僕はここに来れてなかったと思うけど？　たまの休みくらい自由にさせてよ。……させてほしかった」

わざわざ言い直したのは、貴重な休暇をどうしても諦めきれない自分に、だが休暇はここで終わりなのだと諭すためだった。フォンティーンが単機で行動している以上、ジュストは彼の同行バトラーの役目を担わなくてはならない。

竜たちに単独行動の自由はなく、事前許可も得ずバトラーも付けずに動く竜はドラゴンギルドの守護から外れ、魔物として狩られてしまう。リーゼも認めるほど優秀なフォンティーンはいつも規律を守るけれど、激しい焦燥と苛立ちに駆られている今の彼が許可を得てきたとは思えない。魔物狩りに遭う危険を顧みず帝都の中心地へ来て、汗を流しながらジュストを捜したのだろう。

水を司る竜なのに、真夏でも汗をかかないくせに——徐々にバトラーへ戻っていくジュストは、いつも通りの柔らかな声で訊ねる。

「ちゃんと私用発着願を出してきた？」

「知るか、そんなもの」

「悪い仔だな。狩られたらどうするの？　危険すぎるよ」

「おまえが黙ってうろつくからだろう。いいかげん鱗をつけさせろ」

竜たちは本能に従って所有すると決めた者に己の鱗をつけ、その鱗を通して自分の所有物がどこでなにをしているのかを透視する。

つけられた者に鱗を外す自由は与えられない。ジュストはドラゴンギルドに来てすぐのころ、フォンティーンの手で紺碧色の鱗をつけられかけたがリーゼが阻止して事なきを得た。当時のリーゼの剣幕はかなり激しかったにもかかわらず、しつこいオンディーヌは『断念する』という言葉を知らないようで、そのあとも事あるごとに鱗をつけようとしてくる。

「許可なしの単機行動をボスがなにより嫌ってること、フォンティーンはよく知ってるでしょう。僕も大きらいだから、もう絶対にしないで」

鱗を巡る不毛なやりとりを、上司の名を出して曖昧にした。

これだけではフォンティーンを納得させることも彼の要求をかわすこともできないとわかっ

ているから、ジュストは顎に添えられるだけとなった大きな手に触れ、視線を落とす。

人型のときでも指のあいだに煌めく半透明の青い蹼。薄い紺色を帯びる爪。フォンティーンの小指にみずからの小指をからませ、甘い声でささやいた。

「次の休みはちゃんとフォンに伝えるよ。約束ね」

極東の国だけの風習とされる〝ゆびきり〟をするとフォンティーンは怒りを治めたが、眉間に皺を残したまま小指をゆっくりほどき、人差し指でジュストの喉元をなぞってくる。

「……なぁに？」

堅物なこの水竜は、ジュストがリボンタイを外して襟を大きく開いていることが気に食わないのだろう。なにを言いたいのかはわかっているけれど素知らぬふりをして訊ねた。

喉元をなぞった長い指が、鎖骨と鎖骨のあいだを通り、開いた襟の中まで入ってくる。

「タイをしろ。安易に肌をさらすな」

「はいはい」

予想していた言葉が形の良い唇からそのままこぼれてきて、ふふ、と微笑む。往来に立ち止まっていては買い物客たちの迷惑になるため通りの端へ移動した。

シャツのボタンを留めてドラゴンギルドの紋章が刺繍されたリボンタイを結んだジュストは、思考を完全にバトラーへ切り替える。

「ちょっと屈んでもらっていい？」

テール・コートのポケットからハンカチを出して言うと、フォンティーンは素直に長軀を屈めて銀色のまつげを伏せた。

眦に浮かぶ鱗は三機いる成体の水竜のうち最も深い色をしていて、光の当たりかたや角度によって紺碧にも孔雀青にも見える。整った鼻梁と、知的な薄い唇。物憂さを帯びるオンディーヌの顔は十九年のあいだ誰よりも近くにあって、すっかり見慣れているというのに、また見入ってしまいそうになるほど美しい。

その綺麗な貌や首筋にうっすらと残る汗を丁寧に拭いていく。バトラーに世話を焼かれることが嫌いではないフォンティーンはようやく眉間の皺を消した。

「フォンだって、軍帽と手袋どこやったの？　もしかして途中で落としちゃった？　それなら捜しに行かなきゃ」

「帽子は忘れた。手袋はおそらくメルヴィネがポケットに――」

「あっ。フォンってば、あの子にきつく当たったりしてないよね？」

「そのようなことはしない。……が、メルヴィネは目に涙を浮かべていた」

それは当然だろう。メルヴィネもフォンティーンがひどく苛立つと予想していたが、ジュストを捕まえるためにドラゴンギルドを飛び出すとは思ってもいなかったに違いない。不安がる後輩に『大丈夫』と気安く言ってしまったことを申し訳なく思った。

魔力や身体があまりにも強大すぎる竜たちは、可憐で儚いものに痛烈な憧れを抱き、小さくて可愛らしい生き物を盲愛するという独特の習性を持っている。だからギルドで最も小柄で、しかも気に入りのバトラーが泣いたことにはさすがのフォンティーンも動揺したようだった。

「メルヴィネの涙を見て一瞬だけだが冷静になれた。メルヴィネは今、私の要望に応える努力をしているだろう」

「えぇっ……なにそれ、どういうこと？」

ジュストは軍服の上着とパンツについているポケットに順番に手を入れていく。

メルヴィネが大慌てで捻じ込んだのだろう、パンツの前ポケットに右手用の手袋がひとつと、左手用の手袋がふたつ入っていた。みっつとも左手用じゃなくてよかったと思いつつ、余る片方の手袋を自分の制服のポケットにしまって、フォンティーンが差し出してくる大きな手に手袋を嵌めながら彼の話を聞いた。

『行っちゃだめ！　お願いだから行かないで』と必死で縋るメルヴィネの前に片膝をつき、彼より背を低くして涙を拭ってやったフォンティーンは、『私の担当バトラーなら、泣かずに私の要望に応えろ』と言ったそうだ。

フォンティーンがメルヴィネに伝えた要望はふたつ。ベルガー商業地区にある歌劇場の夜の公演を二席確保しておくこと、そして新鋭レストラン〝メル・ガーデン〟のディナー予約を取ること――。

「当日予約⁉　無理だよ、あの子ギルドに来て半年過ぎたくらいだよ？　オペラはたぶん大丈夫だけどメル・ガーデンは絶対に無理。あそことの付き合いは短いからあんまり融通が利かないし、臨時の席を増やすの嫌がるんだ」

「半年も過ぎたなら次の段階の仕事を覚えて然りだろう」

「フォンはお気に入りのカワイコちゃんにも厳しいよね……」

ジュストを捕まえ、自身の縄張り(テリトリー)に入れたことによって怒りを完全に忘却(ぼうきゃく)したらしいフォンティーンは、「厳しくなどないと思うが」と言いたげに首をかしげる。そして、いつもしているように、ごく自然にジュストの手を取って長い指をからませてきた。

「魔物通(まものどお)りに来たのは？　買い物か？　用が済んでいるならベルガーへ向かうが」

「………。用事、は……まだ、——」

空いているほうの手だけに力を入れ、わずかな動揺を握(にぎ)り潰(つぶ)す。ジュストの用件はまだ、終わっていなかった。

今度こそ〝瑠璃(るり)の泉〟の在り処(か)と〝天藍石(てんらんせき)の花〟の作用を突(つ)き止めるために、どうしても名無し書店へ行きたい。魔女の呪(のろ)いについて可能な限りを調べ尽(つ)くしたジュストが頼(たよ)れるところは、魔物が記したすべての書籍(しょせき)を蔵書しているという名無し書店しか残っていなかった。

書店へ行くのは一年ぶりだからなおのこと諦(あきら)められない。

「ジュスト。どうした」

「ううん。用事は、ね……」

リーゼやほかの竜(りゅう)たちと同じように、フォンティーンもまた、ジュストが背負う呪いのことを十年以上ものあいだ口にしていなかった。しかし彼がなにも言わないのは、リーゼたちのように忘れ去ったのではなく揺るぎない自信があるからだった。

恐(おそ)ろしく巨大(きょだい)な〝魔力の磁場〟みたいになっているドラゴンギルドと、そして常にジュストのそばにいる己の強靭な魔力が、魔女の呪いを完全に捩じ伏せているというフォンティーンの絶対的な自信。ジュストはそれをいつも肌で感じている。長いあいだ焔花を生まずに暮らしてこられたのは大切に守られているからだという実感もある。

でも、フォンティーンの力を感じているからこそ伝えづらかった。

魔女の呪いについて調べるために名無し書店へ行くと言えば、「そのようなことをする必要はない」と、せっかく直った機嫌をまた悪くするだろう。

ジュストは、フォンティーンたちが抑えてくれているあいだに自分の手で魔女の呪いと決着をつけたかった。そうしなければ、耐えがたい不安を誰にも見せずに過ごしてきた日々や、諦めることなく一人で調べつづけてきた長い年月が無駄になってしまうように思われた。

「………」

青い月が昇るまで二週間しかないと、ひどく焦燥する心に『大丈夫、まだ二週間もある』と言い聞かせる。

夜遅くでもいい、必ず時間を作り、車を走らせて魔物通りへ来よう――無理やりではあるがどうにか気持ちを切り替えたジュストは、フォンティーンを見上げて微笑んだ。

「用事は……まだ終わってないんだ。ボスに煙草を頼まれてるし、メフィストちゃんが炎を食べたいって言ってるからローズウッドも買わないと。どこかいいお店はない？」

「弟がもう炎を食べると？　ローズウッドか……」

ジュストよりもずっとハーシュホーン通りに詳しいフォンティーンは銀色のまつげを伏せて

考えだす。彼が「弟」と呼んだメフィストは、ドラゴンギルドで初めて生まれた火竜の幼生体のことだった。

「昨日ローズウッド製の小物入れを見つけてね、何年も使ってないものだったから、それを燃やしたの。でもあの仔『へんなにおいする』って言って炎を食べなかったんだよね。変な臭いってなんだろう？　僕はわからなかったんだけど、すごく気になる……」

「加工時に塗られた糊やニスが合わなかったのだろう。原木を探すことにする」

「そっか！　糊とニスかぁ。確かに原木のほうが美味しい火が起こりそうだよね」

ローズウッドの原木を扱っていそうな店を思いついたフォンティーンは、手をつないだまま歩きだす。後頭部の高い位置で束ねた長い銀髪がさらさらと揺れる。いつもと同じ美しく隙のない所作に、ジュストはまた見入ってしまった。

「………」

フォンティーンはひとことで言えば、やや風変わりな竜だった。

火竜、水竜、土竜、風竜、そして雷竜――この冬に一種類増えて五種類となった竜種のうち、オンディーヌの特徴として物静かであること、サロメが纏う優美さや淑やかさ、キュレネーのような儚さが挙げられるが、フォンティーンは違っていた。

物静かではあるけれど堅物と言ったほうがより正しいし、彼に淑やかさを感じるのは遠くから見たときだけに限られる。紺碧の鱗が浮かぶフォンティーンの裸体に水竜や風竜が持つようなしなやかさはなく、厚い胸板と、筋肉の盛り上がった腕や硬い腿は、どちらかというと最強種である火竜の体軀に近い。

長い角に、踵の高いロングブーツを合わせた今の身長は十五テナー（約二百センチ）を優に超えている。腰まで届く銀髪はその堅物な性格をあらわすかのようにまっすぐで、おろしたままでいることもあるが、『高いところで縛ってくれ』と言うときのほうが多い。少年のジュストがバトラーとして最初に覚えた仕事は紅茶の淹れかたでも軍服の着せかたでもなく、フォンティーンの前髪に物差しをあてて切ることだった。

端整な顔と鍛え上げられた身体と、切り揃えたまっすぐの銀髪を持つフォンティーン。

彼は東洋の緑茶ばかり啜ることも相俟って、昔に本で読んだ、極東の国にいる武士という名の人間たちを連想させた。

「いらっしゃいませ。――おや、フォンティーンさまとジュストではありませんか！」

「こんにちは、ご無沙汰してます」

フォンティーンがローズウッドを買うために入ったのは馴染みの時計屋だった。少年のころから来ているジュストも顔を憶えてもらっている。武骨なのに精密な機械をいじるのが好きなところも、テオやレスターたちは『フォンティーンって優秀な奴だけど変わってるよな』と思うらしい。

「今日は時計の件で来たのではないのだが……工房に加工前のローズウッドはあるか？　あれば見せてもらいたい」

「ええ、幾つかございますよ」

店内の壁一面には黒檀やマホガニーで作られた壁掛け時計があり、ショーケースには一点物の腕時計と、金や銀でできた懐中時計が美しく並べられている。それらを見ていると、ショーケースの向こうから朗らかな声が聞こえてきた。

「ひゃあー、竜さまは器量よしの別嬪さんを奥方さまにされたんだなあ。はじめまして。いらっしゃい」

「こんにちは」

それは店主の曾祖父で、時計屋を開業した魔物の声だった。

かなり高齢とあって記憶に少し難があるのだが、いつ来ても羽根のついたハットをかぶり、サスペンダーをしてツイードの蝶ネクタイを結んでいる。とても洒落ていて可愛らしい曾祖父とのおしゃべりが、この店に来るときのジュストの楽しみでもあった。

店主はよくできた魔物だから頭ごなしに「違う」などと否定せず、「祖父ちゃん、惜しいなー、じつは会ったことあるよ」と微笑んで言う。

「ほんと？　だぁれ？　こんな別嬪さん、一度会ったら忘れないんだけど」

「ジュストだよ。ほら、ドラゴンギルドの筆頭バトラーの倅だ。憶えてるだろ？」

「もちろん憶えとるよ、紫とピンクの瞳がきらきら綺麗な……、――あれ？　おまえさんジュストじゃないか。学校どうしたの」

「お爺ちゃま、僕、学校は卒業してギルドで働いてるんだよ」

「へえ、そう。えらいね。じゃあ卒業と就職のお祝いしなくっちゃ。好きな時計を持っていくといいよ。時計は大人のたしなみだから」

「本当？　すごく嬉しい！　ありがとう」

店に来るたび同じ会話をするから、ジュストはかれこれ二十個ほど時計をもらっていることになる。実際は一旦受け取ったあと、店を出るとき店主にこっそり返す決まりだった。フォンティーンと店主が工房でローズウッドの原木を見ているあいだ、ジュストは曾祖父と楽しくおしゃべりしながら時計を選ぶ。

ジュストが「これがいいな」と決めた銀色の懐中時計を、曾祖父は手ずから磨いて箱におさめ、光沢のある美しい紙で包み、銀のリボンを結んでくれる。長いあいだ、ずっとこうしてきたのだろう。記憶の所々が欠けているとは思えないほどに、その手つきはしっかりしていて丁寧で、リボンを鋏でカットする曾祖父はとても幸せそうだった。

「また来る。――御爺どの、息災に」

「はいはい、竜さまも奥方さまもどうぞお元気で。さようなら」

ジュストが「経費で買えるから」と言っても聞かないフォンティーンは、上質なローズウッドの原木を自分の金で買ったあと曾祖父へ声をかける。つい今まで『ジュスト』と呼んでいたのに、帰るときにはまた『奥方さま』に戻るのも、いつものことだった。

「さようなら。また来ますね」

にこにこしている曾祖父にジュストも挨拶をする。店の外で時計の箱を返すたび一瞬だけ寂しくなるけれど、なぜか今日の店主は受け取ろうとせず、「まことに、まことにありがとうございます」と言って深々と頭を下げてきた。

よくわからないうちにフォンティーンが手を取ってきて煙草屋へ向かって歩きだす。

「フォン、待って、僕まだ時計を返してないんだ」

「原木と一緒に支払いを済ませた。それはジュストが持っておけ」

「ええっ！　なんで？」

「毎回返すのも忍びない。二十回に一度くらいは持ち帰ってもいいだろう」

「うそ、どうしようっ。あとで返すものだから値段ぜんぜん気にしてなかったよ!?」

値札は見ていなくても、ショーケースに陳列されている時計たちが最低でも千七百ペルラー（約三十万円）前後することは知っていた。

フォンティーンがなにを言いたいのかどのような行動を取るのか、わかりきっているつもりなのに、この風変わりな水竜は時折ジュストが予想もしないことをさらりとやってのける。

「…………。あり、がと」

高額すぎる贈り物には物凄く驚いたけれど、ちっとも嫌ではなく胸が少し高鳴っていた。

フォンティーンが時計を買い取ったのは、売り物ではないローズウッドの原木を快く譲ってくれた店主への礼でもある。そして、綺麗に包装された箱を返すときのジュストの寂しさに気づいてくれていることが、なにより嬉しかった。

「ありがとう。大切にするね」

笑って言うと、水竜の整った顔にいつもある憂いがほんの少し薄くなったように見えた。

煙草屋でリーゼに頼まれている高級紙巻き煙草を一箱買い、ハーシュホーン通りを出てベルガー商業地区へ向かう。

途端に集まってきた視線の多さはジュスト一人のときとは比べものにならない。十五テナー（約二百センチ）を優に超える長軀と、束ねた銀髪を揺らす美丈夫に誰もが見入り、どよめきすら起こる。街中を歩く軍服姿の竜を見ない者はいないと言っても過言ではなかった。

これほど熱い視線と声を向けられても、フォンティーンは自分が見られていることをまったく気にしない。しかしなぜかジュストが凝視されることには異様に敏感で、必ず苛立ちをあらわにした。だからそうなる前に焦って頼みごとをする。

「ねえ、ティー・ハウスに寄ってもいい？　しばらく来てなかったから新しい銘柄の茶葉が入ってると思うんだ。フォンたちのアフタヌーン・ティー用に買いたいな」

「わかった」

ティー・ハウスへ入ったフォンティーンは、ジュストが吟味して選んだ五箱の紅茶と緑茶の支払いもしてくれた。

帝都の中心街で竜とバトラーが手をつなぐことを結社は好まず、だが竜たちは手を離すことを許さない。しばしばその板挟みになるバトラーたちが皆で思案した結果『腕にちょっと触れておく』という、なかなか苦しい回避案を生み出した。

竜の長い腕を取るジュストは、もう片方の手で時計と紅茶と煙草の紙袋を持ち、フォンティーンはローズウッドの原木を抱えている。

「けっこう買い物しちゃったなぁ……どうしよう？」

「食事の前に、荷物を車に置きに行く」

「うん。駐めてる場所はね、ええっとねー、この道を――」

魔物通りで見た正体不明の軍人は当然のこと、フォンティーンに休暇を強制終了されたことすら早々に忘れかけていたジュストは、いつも通りの柔らかな声で説明する。でも縦長の瞳孔をした金色の目でぎろりと睨まれ、低い声で遮られてしまった。

「場所はわかっている。うろつくおまえよりも、じっとしている車のほうが格段に見つけやすかったからな」

「そ、そう？　話が早いね……、ははは……」

竜の一族は些細なことまで根に持つタイプが多い――。

自動車まで歩いていき、古新聞に包まれたローズウッドを後部座席の足元に置いて、ほかの紙袋は助手席に置いた。ウェスト・コートのポケットから取り出した懐中時計は午後四時二十八分をさしている。

「予約、どうなったかな。取れてなくても怒らないでね、違うレストランへ行こうよ」

「問題ないだろう。私とメルヴィネの会話をレスターが隣で聞いていた」

「そうなの？　だったら大丈夫かもしれないな……」

素晴らしくマイペースなレスターは、おろおろするメルヴィネに『まぁまぁ、なんとかなりますよ。ひとまず電話してみましょうか』と言ったに違いない。ちゃんとメルヴィネの横に付いて会話を聞き、彼ではまだ難しいと判断したなら電話を代わっているはずだ。

もじゃもじゃの髪と黒縁眼鏡、トレードマークの腕貫。ぼうっとした雰囲気を纏いながらも冷静に仕事をこなすレスターは敵をいっさい作らない。

『……ははは。それではわがままを言いますが何卒よろしくお願いします』——談笑で終わらせて電話を切る彼の姿が想像できた。

メル・ガーデンに着くと、ジュストはロングコートを脱いで制服姿になり、革手袋を外してバトラー用の手袋を嵌めた。そして自分が電話したかのような素振りで店の扉を開く。

予約が取れていなければ今ここで交渉して席を確保するのもいい——。

「いらっしゃいませ。御予約名を頂戴いたします」

「こんばんは。ドラゴンギルドです。本日は急なお電話を大変失礼いたしました」

アプリコットオレンジの髪をわずかに揺らして会釈し、紫と桃色の瞳で見つめると、今まで取り澄ましていた店員は急に顔を赤らめた。

「……いっ、いいえ、……お待ちしております。どうぞこちらへ」

予約ちゃんと取れてた、ありがとうね二人とも——メルヴィネと、彼をサポートしたであろうレスターへ心の中で礼を言い、それは表に出さずににっこりと微笑む。

軍服姿の竜を見てますますぎこちない動きになった店員に案内されたのは、臨時の狭い席ではなく、立派な円卓と煌びやかな衝立のある席だった。

「すごい、個室だよ、メルヴィネがんばったね。フォン、明日（あした）ちゃんと褒（ほ）めてあげてよ」

「ああ、わかった。——龍井茶（ロンジン）を。あと、拉麺（ラーメン）と焼鴨（シャオヤー）。点心は……餃子（ギョーザ）と小籠包（ショーロンポー）があればほかはなんでもいい、ジュストが選べ」

「はいはい、ちょっと待ってね」

　店員に料理を注文して「先にお茶を持ってきてください」と伝えると、テーブルナプキンを広げてフォンティーンの膝（ひざ）に置き、彼と自分の手袋を外して椅子（いす）に座る。

　新鋭（しんえい）レストランのメル・ガーデンがいつも予約でいっぱいなのは、自国料理のほかに多彩（たさい）な異国料理も提供しているからだった。床（ゆか）に敷（し）かれた緋毛氈（ひもうせん）に、円卓と背凭（せもた）れの高い椅子、飾（かざ）り紐（ひも）の揺れるランタンと美しい仙女（せんにょ）が描（えが）かれた衝立——フォンティーンとジュストが食事をとるこの個室も異国情緒（じょうちょ）があふれている。

　ジュストはナイフとフォークで焼鴨や小籠包を食べるが、フォンティーンは東洋の道具である箸（はし）という二本の棒をじつに器用に使う。そうしてジュストが食べる量の四倍の料理を平らげ、満足そうに緑茶をずずっと啜（すす）った。

　メル・ガーデンで二時間ほど過ごしたあと歌劇場へ向かう。こちらは難なく話が通り、ドラゴンギルド擁護（ようご）派である支配人がみずから観客席へ案内してくれた。

　フォンティーンの観劇に付き合うたび、世界最強の魔物（まもの）とオペラという奇妙（きみょう）な組み合わせに、ふふ、と微笑（ほほえ）んでしまう。

薄情（はくじょう）に聞こえなくもないが、フォンティーンにとって人間とはただ〝本能に従って守護するもの〟であり、さして関心がないのだそうだ。しかし彼らが生み出す技術や文化には興味を持っていて、こうしてオペラを嗜んだり人間が出版した哲学書を読み耽ったりもする。精密機械を作るくらい手先が器用な一方、なぜか衣服の着脱が大の苦手で、自分で服を扱うといつも機嫌を悪くした。

誰もが見惚れるくらいの美丈夫なのに堅物で、竜らしいところと竜らしくないところが混在する不思議なフォンティーン。彼は静寂とジュストの唇をこよなく愛し、そしてジュスト自身をなによりも愛している。

これは決して自惚れなどではない。

恥じらいという感情を持たない水竜はいつも堂々と愛の言葉を口にして、ジュストをひどく困らせる――。

「ごめんね……僕、運転するつもりだったんだけど……」

「かまわない」

オペラ鑑賞を終えたあとに入ったパブで、つい酒を飲みすぎてしまった。

ジュストが運転中に使っていたクッションを後部座席へ放り投げると、フォンティーンはドラゴンギルドへ向かって自動車を走らせる。ふわふわと心地のいい酔いだった。助手席に座るジュストは買い物袋をごそごそと探り、高級紙巻き煙草の箱を取り出して封を開けた。

「リーゼに頼まれたものだろう。開封していいのか」

「大丈夫だよ。『ちゃんと買えたら駄賃に一本やる』って言ってたから。……ふふ、お駄賃だって。彼、僕のことまだ十歳くらいの子供だと思ってるんじゃないかな」

「子供に煙草を与えてはならないのだろう？　昔、リーゼに注意を受けた記憶があるが」

「そうだね……」

煙草をくわえて火をつけると、いつもリーゼから漂ってくる匂いが鼻を通り抜けた。

車内が甘くて苦い不思議な薫りで満たされていく。フォンティーンは形の整った鼻を、すん、と鳴らした。

「おまえは子供ではない。とうに子供ではなくなっている。リーゼは父子の契約を終わらせ、ジュストを私に返すべきだ」

「もう。またその話――」

おおげさではなく、何百回と聞かされてきた話に苦笑しながら窓の外へ視線を向けると、澄んだ夜空に浮かぶ時計塔が見えた。

ジュストはまぶたを閉じて紫煙を揺らす。

約九十五歳というフォンティーンの年齢は兄弟の真ん中に位置するが、ほかの竜たちに比べてわがままが少なく優秀であるため年長組に入れられることが多い。リーゼも、最も動かしやすい竜と認めていて、緊急案件が入ればまず『フォンティーンはどこにいる？　呼んでおけ』と言うほどだった。

しかし、強い信頼で結ばれている筆頭バトラーと優秀なオンディーヌは、ジュストの話になると喧嘩を始める。ドラゴンギルドに連れてこられたあのとき、ジュストがなにも知らないまま父子の契約書にサインしたのが駄目だったのだろうか。

——でも、あの契約書はもう無効になってるかもしれない……。

「ジュスト。眠るなら煙草をよこせ。危険だ」

「ん……、寝ないよ。でも、あげる……」

ジュストの給料では買えない恐ろしく高価なものだから、すう、と思いきり吸い込み、ハンドルを操っているフォンティーンの唇に煙草を差し込んだ。寝ないと言ったけれど心地いい酔いと揺れに抗えなくて、アーイルス川に架かるブリッジを渡ったあたりからうとうとと浅い眠りに落ちてしまう。

やがて、ずっと滑らかに走っていた自動車がガタガタ、キッ……と音を立てて止まり、ドラゴンギルドへ帰ってきたことを夢うつつに知った。夜はずいぶん深いから、早く身体を起こして買い物袋を持ち、フォンティーンに「おやすみ。また朝に食堂でね」と告げて宿舎の自室へ戻らなければならない。

でも、ちょっとだけ面倒だな——一瞬でもそう思ったことを、ジュストは後悔した。

「あ……、っ？　フォン、だめだよ」

腰に竜の腕がまわってくる。フォンティーンは片腕だけでジュストを抱くと後部座席へ移った。そこに寝かされ、酔いと眠気でぼんやりとした頭が柔らかなクッションに沈められてすぐに長軀が重なってくる。

「やめ、なって……僕もう、部屋、帰るんだから……」

指先まで酔いのまわった手で厚い胸板を押しても意味はない。フォンティーンはジュストの顎を持って口を開かせると、舌を奥まで入れてくちゅくちゅと掻きまわす。わざとすぐに舌を抜き、触れるだけの口づけばかりするから、拒むはずが「ぅ……んっ」と、もどかしい声を漏らしてしまった。

「私の唾液が欲しいだろう」

「いら、ないよ。部屋に帰るってば。こんな時間にキスなんて……僕、時間外労働はきらい」

「その台詞は聞き飽きた」

フォンティーンは自身の唾液が抑制剤の効力を強くすると知っている。実際に抑制剤は少しずつ効かなくなっていて、それを補えるのは水竜の濃厚な唾液だけだった。

でも今はちゃんと効いているから必要ない。フォンティーンとのキスはバトラーの仕事だが、ジュストは今日の業務を終了している。自身の中でおとなしく眠っている、いやらしいことが大好きな美魔をわざわざ呼び起こすような真似はしたくないのに。

「私の唾液が欲しいと言え」

あれほど長く一緒に過ごしてもまだ所有の本能が満たされていないようで、フォンティーンは執拗だった。身体を思いきり捩ったが筋肉質の重たい体躯からは抜け出せず、うなじをつかまれて唇をねっとりと舐められた。

「あ……、んんぅ……」

ジュストが我慢できなくなるまで長い舌を何度も這わせてくる。口を開くと、粘性の高い体液がとろりと中へ入ってくる。美魔にとって竜の唾液は美酒のように芳醇で、その酩酊感にジュストは十代のころから病みつきになっていた。もっと欲しくなって、唇の上に乗っているフォンティーンの舌を吸おうとしたのに離れていってしまい、拗ねたような声を漏らす。

「や……、いやだ。フォン……」

「欲しいか？」

昔からずっと同じで、うん、とうなずくだけでは駄目だけれど、ちゃんとねだればフォンティーンはたくさんの唾液をくれる。

どうせ言わされるなら、より多く摂取して体内に溜めておきたい。ジュストは紫と桃色の瞳を竜の瞳にからめ、透明の粘液にまみれた唇を舐めながらささやいた。

「フォンの唾液、ちょうだい。いっぱい、が……いい」

「ジュスト——」

満足そうな吐息をつくフォンティーンと開いた唇を嵌め合い、とろとろと流れ落ちてくる透明の粘液を飲みながら考える。所有の本能を早く満たしたいとはいえ、車の中で行為に及ぶのは珍しい。私用発着願を出してこなかったことと言い、堅物のこの竜が羽目を外すなんてほとんどないのに、どうしたのだろう。

「あ……。そう、か……」

——明日って、ギルドの……。

「どうした」

「なんでもない、よ……フォン、もっと欲しい」

明日は、ドラゴンギルド創立の日——一年に一度、リーゼとサリバンが魔女の森へ行く日であることを思い出した。朝早くに外出する彼らはもう休んでいて、ここで行為をしても見つからないとわかっているからだろう。

「んっ……ン——」

チュッ、クチュッ、と舌のからみ合う音が大きくなっていく。

美魔の身体は、堪え性というものがまるでない。自室に戻ることを忘れたジュストは、美しい銀の髪に指をからめ、盛り上がった胸板を撫でて、竜の長い舌を夢中で吸った。

自分で軍服を着脱するのが大嫌いなくせに、フォンティーンはジュストの服を流れるような手つきで脱がしていく。

「あっ……」

あらわになった乳首に吸いつかれ、もう片方を指先であやされて身体がぴくんと跳ねる。

また唇を重ねてくるフォンティーンが、「きつい。出せ。ジュストも」と短くささやいた。

言われた通り、軍服のベルトを外してパンツをくつろげると、先走りに濡れた長大な竜のペニスが弾み出る。自分のスラックスを開けば、嫌になるほど淫らで甘ったるい匂いが立ち上り、あっという間に車の中を満たしていった。

「今宵も芳しい。李に似ている」

「フォンティーン……。あぁ——」

赤く熟れたジュストの屹立に、質量のあるフォンティーンの性器が重なってくる。

熱く硬い陰茎で、こり、こり、と撫でられて、ジュストは堪えきれずに吐息を漏らした。

「は、っ……あぁ、……きもち、い」

「ジュスト、脚を広げろ。両手でつかめ」

「ん……」

限界まで開脚し、二本の陰茎をまとめて握ると、フォンティーンはまるで挿入しているかのように腰を前後に揺らしはじめる。

堅物なくせにその腰つきはたまらなくいやらしい。高い位置で束ねた銀髪が揺れるさまも。気に入りのそれらを紫と桃色の瞳に映しながら、ジュストも腰を振った。

「あっ、あっ。あっ」

「愛しているジュスト。私だけの美魔――」

ジュストの思いも知らないで、フォンティーンはまた今夜も愛の言葉を伝え尽くす。

この美丈夫だけに性器の挿入と口内射精以外のすべてを許しているのは、性的快楽なしでは生きられない美魔の淫らな本能を満たすために過ぎず、情愛は欠片もなかった。

一方でフォンティーンは『仕事』とも『本能を満たすための行為』ともいっさい認めず、『私とジュストの愛を確かめ合う行為だ』と言って憚らない。水竜と美魔は互いの言い分に耳を傾けないまま情事を重ねてきた。

フォンティーンの動きが速くなる。射精が近づいていることがわかる。

「私を愛していると言え」

「言わないってば……もう、しつこいなぁ」

言うわけがない。言えば魔女の呪いが発動し、この美しく強靭な水竜は破滅する。

心ではなく身体だけが快楽に悦んでいることを魔女の呪いに教え込むのはとても重要だった。

だからジュストはいやらしく腰をくねらせ、わざと言葉にする。

「あっあ、気持ちいい。――いくっ。フォンっ、もっと、っ……！」

「――っ！」

びしゃっ、と音を立てて竜の精液が腹に大量に撒き散らされた。フォンティーンはジュストの中に射精できない代わりに、大きな手で肌に塗りつけてくる。ジュストが漏らしたものと合わせて塗りたくられて、美魔の身体はこれ以上ないほど淫らになっていく。一度目の射精を終えたフォンティーンは、ジュストの望み通りふたたび腰を揺らしはじめた。

2

夜が明ける前の、真っ暗な自室の寝台でジュストは目を覚ました。

体内に残ったアルコールによる頭痛と肌に深く刻まれたままのフォンティーンの感触に眉をひそめる。長い行為が終わるころに意識を手放したようで、自室に運ばれたこともロングコートを脱いだことも憶えていなかった。

「痛……」

まだ眠っていたいがそのような時間はないだろうし、身体に残っている汗や粘液の跡が気になって眠れそうにない。ポケットをごそごそと探り、かぶっている毛布の中から懐中時計を引っ張り出す。

時刻は午前五時七分――。

気だるい身体を起こしたジュストは皺だらけになった制服を脱ぐと、早朝の規則的な行動を淡々と進めるためにシャワールームへ入った。

熱い湯を浴びながら歯を磨き、身体を拭いて下着を穿いたあと、グラス一杯の水を飲んで髪を乾かす。クローゼットから出したシャツと靴下とスラックスを身につけ、左腕の袖を捲って抑制剤を打つ。抑制剤には鎮痛作用もあるため頭痛はすぐに治まった。袖のボタンを留めてスペアの制服を取ろうとしたとき、クローゼットの端に吊っている子供用のテール・コートが目に入ってくる。

それはバトラーの真似を始めたジュストのためにリーゼが用意してくれたものだった。着られなくなっても大切に取っていることを養父はきっと知らない。

少年のころから、ジュストは制服をきちんと着用するのが好きだった。

新しいウェスト・コートを着てリボンタイを結び、金色のチェーンをボタンに引っかけて懐中時計をポケットに入れる。眼鏡を拭いてかけ、靴を磨いて履く。

紋章が箔押しされた手帳、ハンカチ、真っ新の手袋を準備すると、最後にテール・コートを纏って鏡の前に立った。

「……よし、オッケー」

フォンティーンと過ごす夜がどれほど淫らで激しくても、少し眠って、早朝の規則的動作を粛々と行えば、気持ちも身体も落ち着かせることができる。心を波立たせることなく常にニュートラルにさせておかなければならないジュストが、数年にわたる訓練によって得た手立てだった。

床に落としたままのロングコートをクローゼットにしまうと、皺だらけの制服を持って自室を出た。バトラー専用のロッカールームへ寄ってランドリーボックスに制服を入れ、食堂へ向かう。

午前六時を過ぎたばかりの厨房がすでに賑やかなのは毎日のことで、ジュストはコックたちと挨拶を交わし、カウンターに並べられた料理の中からブレックファストのプレートとオレンジジュースを選んでトレイに載せた。

食堂には竜のための広いテーブルが五卓とバトラー用の細長いテーブルが一卓あり、それぞれ自由に座って食事をとる。寝起きに自分でしたのだろう、せっかくの美しい銀髪を無造作に縛ったフォンティーンは、サロメとメルヴィネ、土竜のエドワードやシーモアと交ざって大盛りの肉料理を食べていた。

その鋭い金色の瞳が、すぐにジュストをとらえてくる。

「……………」

赤身の肉を咀嚼しながら見据えられると、三時間ほど前の生々しさが思い出されて、落ち着かせた心と身体がふたたびざわめいてしまいそうだった。

でもフォンティーンを無視することはできない。無視などすれば途端に機嫌が悪くなるため、視線をからませて「おはよう」と伝えるのが毎朝の決まりごとになっていた。

儀式みたいなそれは二人がどのような朝を迎えても必ず行われる。数時間前まで情事まがいのことをしていても、一日にひとことも喋らないまま各々の部屋で眠った翌朝も――ジュストが男の体液を摂取して帰ってきた春の朝も。

毎朝の儀式を終わらせてフォンティーンの瞳から逃れたジュストは隣のテーブルを見て驚く。必ずこの席で食事をとるリーゼとサリバンが、どうしてか今日はいなかった。

魔女の森へ行く日に遅くまで寝ることは絶対にないから、今ここに座っていないのはおかしい。まさかすでに出発したとでもいうのだろうか。

「おはよう」

「おはようございます」

「あっ、ジュスト、おはよー」

バトラー専用のテーブルには、いつものように眠りながら口をもぐもぐさせているレスターと、朝からきりっとしているオリビエ、あくびをするエリスのほかに、寝ぼけまなこのテオと、彼とは対照的にきらきらしているオーキッドが座っていた。

長年の互いの片恋がようやく実ったオーキッドは、最近はテオとジュストのあいだに座りたいらしく、「席、取っといたよ！　ここ座って！」と自分のほうに寄せた椅子を勧めてくる。

ジュストはにっこり笑って「ありがとうね」と言い、椅子に腰かけながら皆に訊ねた。

「ねえ、ボスとサリバンがさっきまでここにいたか知ってる？」

「今日は食堂に来てないですよ。さっき第一ゲートから出発しました」

「えっ、もう出たって……早すぎない？　サリバンはともかく、ボスが朝食を抜くなんて考えられないよ」

「飯屋で食ってから魔女の森へ入るんじゃねえの？　いつでも人型になれるようにサリバンの軍服持って行ってんだし」

「そう、かなぁ……。毎年、早くなってるような——」

幼少のジュストが御伽話と思っていた〝魔女の森〟。しかしそれは実在し、リーゼは十八歳までジゼルとともに森で暮らしていたという。

竜たちを守るために骨身を惜しまず働き、常に多忙を極めている筆頭バトラーだが、ドラゴンギルドが創立されたこの日だけは違っていた。リーゼは結社の責任者からジゼルの息子に戻り、誰よりも大切な母親の魂を慰めるために魔女の森へ向かう。

『創立以来つづいていることだよ。リーゼがギルドを空けるのは一年に一度だけだ。空けると言っても、昼過ぎに出て夕方には帰ってくるけどね』

テオの叔父であり、当時バトラーだったクロードが、ギルドに来たばかりのジュストにそう教えてくれた。

でも聞いた話と少し違っていて、昼過ぎに出発したリーゼとサリバンが帰ってきたのは夕方ではなく夜だった。翌年以降はさらに遅くなり、帰りが夜から深夜になったかと思えば、次は午前中に出発するようになる。

リーゼは魔女の森での滞在時間を年々長くしているということだ。昨年は朝食をとったその足で発着ゲートへ走っていた。そして今年は食事の時間すら惜しんで――。

――そうしなくちゃだめなくらい、魔女の森に心配ごとがある……？

「あーっ！　テオ、どこ行くのっ？　今日まだ『あーん』してないのに！」

よく響くオーキッドの声でジュストは思惟から浮上した。見ればテオが銀のトレイを持って席を立ち、顔を赤くしている。

「でかい声で言うなよ……。その、あれだ、今日の『あーん』は休みだ。先に脱衣室へ行って打ち合わせの準備するよ。リーゼさんいないから、念には念を入れ、ってやつだ」

「もーっ、昨日も休みだったじゃない。いいよ、今日はジュストにしてもらうから」

「オーケー。ここは任せて、テオ」

オーキッドが抱きついてきたので、それに乗ったジュストが冗談めかして竜の細い肩を抱くと、仕事熱心な現場主任は「ぐぬぅ……」という未練がましい声を漏らす。

「……今日だけだぞ。イチャイチャしすぎて遅れることのないように」

オーキッドのくるくるに巻かれた金髪を、ぽん、と撫でたテオは、「俺も行きます」と立ち上がったオリビエに「おー、助かるぜ」と返す。オーキッドは食堂を出て行く二人を見送ったあとジュストのほうへ向き直り、花びらみたいな唇を開いた。

「はい、ジュスト。あーん」

「あれ、本当にするんだ？　甘えんぼさんだね」

「もちろんだよ。なんでも食べるから、はやくー」

冗談だと思っていたが、この愛らしい風竜にねだられたらジュストでも断れない。ひよこ豆のトマト煮をスプーンで掬って食べさせると、オーキッドは機嫌よく口をもぐもぐした。

でもそのあと意味深げに大きな瞳をぱちぱちと瞬かせ、上目遣いで見つめてくる。

「ジュストはリーゼくんのことが心配？　ぼく、サリバンに『朝早くから魔女の森でなにするの一？』って訊いてみよっか？」

その言葉に、思わず目を瞠ってしまった。

竜の兄弟は精神を研ぎ澄ませることで互いの居場所を感じとり、遠く離れていても会話を可能にする。オーキッドは表情を硬くするジュストのために、リーゼを背に乗せて飛行しているサリバンへ声をかけようとしてくれた。

兄弟の中で一機だけ小さな身体をしているオーキッドは誰彼かまわず甘えてばかりに見えるが、そうではない。彼は相手の不安や憂いを察知してそれを消すために動こうとする、姿形そのままの天使みたいに優しい竜だった。

しかしこれはジュストが自省すべきことだ。リーゼと魔女の森のことを考えて生じた妙な焦りが、オーキッドに気づかれるほど表情に出てしまっていたなんて――気持ちを一瞬で切り替え、にっこりと笑う。

「ありがとうオーキッド。すごく嬉しいけど、ボスたちの邪魔しちゃ悪いからやめとこうね」

「ほんとに大丈夫？」

「うん、大丈夫だよ。ここで朝食をとらずに出発したのがちょっと心配だったんだけど、テオの言う通りどこかのレストランで食べると思う」

「ここで食べて行けばよかったのにね。リーゼくんはお兄さまたちみたいに子豚一頭分の朝ごはんを食べるでしょう？　あんなの見たらみんなびっくりしちゃうよ。でもジュストの心配がなくなったならそれでいいや」

「あははっ。ありがとう、オーキッドは本当にイイ仔だねえ」

「だって、ぼくジュストが大好きだもん」

魔物からも人間からも愛されるオーキッドは愛情を返すことにも慣れていて、親愛の籠もった言葉をいつもためらうことなく口にする。そして魔性の天使は金の瞳をきらきらと煌めかせてねだってくる――ジュストにも同じ言葉を言ってほしい、と。

でも絶対に言わない。それだけは叶えてやれない。

なぜならオーキッドを想っていないから。

身のうちに宿る呪いは竜たちの魔力に抑えつけられながらも牙を剝くときを狙いつづけている。どうあっても小さな風竜を破滅へ導くわけにはいかないジュストは、呪いの引き金となるその言葉を呑み込んで微笑んだ。

「可愛いシルフィードちゃんはいつも嬉しいこと言ってくれるねえ。――さ、僕たちもぱぱっと食べて早めに脱衣室へ行こっか」

「うんっ」

食事を終えたジュストとオーキッドは、居眠りしながら料理を完食するという毎朝の離れ業をやってのけたレスターを起こして、エリスと四人で脱衣室へ向かった。

ドラゴンギルドでは毎朝七時から脱衣室で朝の打ち合わせが行われる。

オーキッドと隣同士の猫脚椅子に座り、開いた手帳に視線を落として打ち合わせの開始を待っていると、空いているほうの隣席に誰かが腰かけた。

力強い水の匂いが鼻腔をつく。退屈そうに脚をぶらぶらさせていたオーキッドが前屈みになり、ジュストを挟んで座る兄竜に言った。

「あれ、フォンティーンどうしちゃったの？　ものすっごく髪ぼさぼさー」

「すぐに出動するからって、その括りかたはちょっとひどくない？」

「私は気にならないが。ジュストがそう言うなら、直せ」

ジュストは溜め息をついて立ち上がり、悠々と腰かけるフォンティーンのうしろにまわって飾り紐をほどいた。ブラシを取ってくるのが面倒なので手櫛で整え、束ねた銀髪を高い位置に上げて紐でぐるぐる巻きにする。それを見ていたオーキッドが「わぁ、ジュストすごい、手品みたい。髪さらさらー」と笑いながら言っていた。

すべての従業員が揃うと同時に始まった打ち合わせは、任務内容や行動予定をいつもより念入りに確認したため少しだけ長引いた。

ドラゴンギルド創立の日に、特別な式典はない。

不在の筆頭バトラーが望むことはひとつだけで、それをテオが代弁する。

「今日はリーゼさんとサリバンがいないけど、重要なのはいつも通り現場をまわすこと、それだけだ。竜たちは任務を確実に遂行し、バトラーたちは全力でサポートする。多少のトラブルも毎日起こるものだから慌てなくていい、俺かジュストかレスターに報告してくれ。竜もバトラーも怪我だけはしないように気を引き締めよう」

竜たちの「おう」という力強い声とバトラーたちの「はいっ！」という元気な声を合図に今日の営業が始まった。

全機の竜が任務地へ向かって出動すると、バトラーもそれぞれの担当業務にあたる。

エリスやアナベルたちがギルドじゅうを掃除するあいだ、中堅バトラーは事務室で書類の処理や電話対応を行う。清掃チェックは厳しい目で見るよう意識しなくてはいけない。仕立屋や洗濯屋との物品のやりとりは後輩の仕事で、契約内容の確認など金銭に関わることはジュストの担当だった。

竜たちが帰還するまでに完了させなければならない業務は多くある。軍服の準備、備品の補充、竜の巣の掃除とシーツ交換、貯水タンクなどの設備や機材の点検――だが、忙しいからこそ合間に休憩を取ることが義務づけられていて、事務室の隣にはリーゼの『休むところ作れ』という一声で設置されたバトラー専用の休憩室があった。

仕事をひとつ終わらせて休憩室へ入るジュストを、小さな足音がぱたぱたと追いかけてくる。

「メルヴィネ？　お疲れさま」

「ジュストさんっ。昨日は本当にすみません！　ぼく必死でフォンティーンを止めたんですけど、ぜんぜんだめでした……」

「どうして謝るの？　オペラの席も確保できてたし、メル・ガーデンなんか個室まで用意されてたし、ばっちりだったよ！　フォンは今朝なんて言ってた？」

「あ……そ、その、レストランの予約は、レスターさんが取ってくれたんです。今朝フォンティーンは『よくやった』って言って……朝ごはんのお肉を、分けてくれました。昨日のことが嘘みたいに機嫌がよかったです……」

「あははっ。それならメルヴィネはレスターに助けてもらって、ちゃんと業務を完了させたってことだよね。僕も気軽に『大丈夫』なんて言っちゃってごめん。フォンを甘く見てたよ、次からは気をつけるね」

フォンティーンがジュストの言った『明日ちゃんと褒めてあげてよ』という言葉を憶えていて、彼なりのやりかたでメルヴィネを労っていたことを知り、嬉しく思った。

あとになって無理やり作ったせいだろう、休憩室は妙に奥行きだけがあって細長い。

しかしこれが意外と落ち着く。小さなストーブとみっつの丸椅子があり、ストーブに置いたポットからは湯気が立ち上っていた。壁を四角く刳り貫いて作った棚にはバトラー個人のコップや茶葉を置いていて、玩具みたいだが流し台も一応ある。

ジュストとメルヴィネが丸椅子に座って昨日のことを喋っていると、新聞の束を抱えたアナベルが休憩室をのぞき込んできた。

「ジュストさん、お疲れさまです！　メルヴィネやっぱりここにいた。ねえ、新聞を見た？」

「お疲れさま」

「今日はまだ見てないです。……あっ、もしかして？」

「そうそう、アジュール・ムーン！　素敵な情報が載ってるんだ」

その言葉に胸が嫌な高鳴りかたをしたが、いつも通りいっさい表に出さない。アナベルがメルヴィネの隣の丸椅子に腰かけ、背格好のよく似た二人は兄弟みたいにひとつの新聞をのぞき込む。

「青い月が昇る夜、いろんな街でムーンナイト・フェスティバルをするんだって。ここにね、フェスティバルをする街の名前が載ってるんだよ」

「お祭りですか？　行きたいです！　ぼく、お祭り行ったことなくて……すごく楽しそう」

青い月を報じる記事は日を追うごとに大きくなり、つられるようにジュストの焦燥も膨らんでいく。しかし今はそれに翻弄されている場合ではない。焦りと動揺を完全に抑え込んだジュストはにっこりと笑う。

「いいねえ、お祭り。ナインヘルくんとサロメにお願いしたら喜んで連れて行ってくれるよ」

「ぼく、サロメに頼んでみますっ。アナベルもナインヘルさんにお願いしてみませんか」

「う、ん……。僕もお祭り行きたい。でも……、ナインは、嫌がると思うんだ……」

「そう？　ナインヘルくん、けっこう好きでしょう？　屋台とか大道芸とか、色とりどりのランタンとかさ。初めのうちは『あぁ？　祭り？　行くかよそんなもん』なんて言うだろうけど、行ったらアナベルよりうきうきして楽しむ気がする」

新聞を借りながら何気なくつぶやくと、表情をぱっと明るくしたアナベルと翡翠の瞳をきらきらさせるメルヴィネが「やっぱりジュストさんが竜のこと一番よく知ってる……」と同時に感動の声を出した。

「三百年に一度だけの青い月が見られるなんて奇跡ですよね！　あー、晴れてほしい」

「絶対に晴れてほしいー。ジュストさんっ、薄い雲くらいならシルフィードたちがフゥーッて吹き飛ばしてくれないでしょうか？」

AZURMOON

「ふふ、それ名案だね。サリバンとガーディアンにお願いしとくといいよ。でもお願いするのは二機だけにして、オーキッドはお祭りに連れて行ってあげてくれない？」

「はいっ。僕、今日オーキッドの担当なので言っときますね」

アナベルが張り切って言ったとき、次はオリビエが休憩室をのぞき込んできた。

まっすぐで艶のある黒髪と焦茶色の瞳、そして白い肌と紅い唇を持つオリビエは、陶器製の東洋の人形を思わせるほど美しい。しかし残念なことに、細かな仕事に長けている彼は、やや尖った性格をしていて口がすこぶる悪かった。

「アナベルとメルヴィネ、おまえら防護服のチェックやったのか」

「すみませんっ、まだです！」

「なんだと。俺もうダブルチェックするぜ？　穴があったらどうなるかわかってて、ここでちんたらしてんだな？」

「す、すぐ行きます！」

ばっ、と立ち上がった二人は、ジュストの「おーい、アナベル、新聞借りとくよー」という声も聞かずにオリビエについてロッカールームへ行ってしまった。

オリビエは防護服のチェックを怠ると、上下関係など完全に無視してテオやジュストにも平気で怒ってくる。でもそれは、防護服にある針の穴ほどの小さなほころびが死に直接つながることを正しく理解しているからだった。

「たまに本気で怖いときあるけどね……東洋っぽい神秘的なカワイコちゃんなのに、もったいない」

自分のことをよそに『オリビエなぁ。あいつ黙ってりゃ最高に別嬪なんだがな』と言うリーゼを思い出したジュストは苦笑いをしながら第一面の上半分を読みはじめる。

【異例の事態。陸軍元帥の座いまだ埋まらず】

第一面に載っている話題はわりと深刻なはずなのに、見出しや記事からは淡々とした印象を受けた。それは真冬に起きた出来事に関連している。

かつて第四王子として宮殿群で暮らし、現在はドラゴンギルド・フェンドール支社の責任者となったリシュリー。二十一歳で一角獣の血に目覚めた彼は、激しく思い悩みながらも己の宿命を受け入れ、帝国軍に長く囚われていたキマイラ・ファウストを真の姿である黒竜へと導いた。

なによりも大切な竜が帝国軍に改造されていたことを知ったリーゼはかつてないほど激怒し、高等軍法会議に訴えて当時の陸軍元帥・ベルグマンをその座から引きずりおろした。

筆頭バトラーの快進撃に帝都の民は色めき立ち、続報を求めて新聞を読み漁ったものだったが――。

『体裁しか頭にない帝国軍のことだ、意地でも即座に新体制を発表すると見ていたがな。ここまで愚図の集まりとは思ってなかった』――ジュストは、リーゼがパイプの煙をくゆらせながら言っていたことを思い出す。

元帥が決まらずに一か月も経つというのは確かに異例だと思う。都民の熱狂もすっかり冷めているのが、淡々とした記事から窺い知れた。しかし帝国軍の動向はわずかとはいえドラゴンギルドに影響してくるため、ジュストたちは引きつづき注視していかなければならない。

第一面の下半分はアナベルとメルヴィネが読んでいた記事で、いま最も人々の関心を集めている話題が大きく記載されていた。

【人類の宝石〝アジュール・ムーン〟間もなくあらわる！　各地で観測およびムーンナイト・フェスティバルの準備が進む。ジョトレイ天文台は最新式の天体望遠鏡を導入】

三百年に一度だけ昇る青い月は人間たちにとっても特別なものらしい。【人類の宝石】と謳う彼らは、青い月が〝魔女の祖と満月とのあいだで交わされた契約によって生まれたもの〟ということを知らないようだった。

「……………」

新聞を持つ手がわずかな汗を帯びる。二週間後、世界中が青い月に酔い痴れるそのとき、ジュストはどこでなにをしているだろう。

瑠璃の泉の傍らに立つことができているだろうか、水竜の涙と天藍石の花を手にしているだろうか——まぶたを閉じ、見たこともない風景を懸命に思い描いた。そしてこれまで繰り返してきたように己を鼓舞する。

大丈夫、必ず呪いは解ける。長いあいだ不安を抱えながらも心を波立たせない訓練をしてきた。誰も傷つけないために、愛することも憎むことも抑え込んできた。多くのことを学習し調べつづけた十九年間を絶対に無駄にはしない——ジュストは新聞をゆっくりと捲る。そして第

【帝国軍またも頓挫か――人喰いの森にて兵士と開拓業者、数名が死亡】

二面に掲載された思いもよらない見出しに目を瞠った。

「開拓なんか無理ってわかってるのにどうして……」

人間たちが言う人喰いの森とは魔女の森のことを指していた。

ジュストは一度だけフォンティーンに連れられて魔女の森へ入ったことがある。いま思うと情けないけれど、そのときは怖くてたまらなかったから抱いたまま歩いてもらった。

『遥か昔、ジゼルの祖母を筆頭とした九人の魔女が森に呪いをかけた。千年以上を経ても消えない九重の呪いは、ジゼルが命を擲って残した不朽不滅の呪いを凌ぐ強さだという』

フォンティーンの言う通り、広大な森を覆う魔力は、魔物の自覚が薄かった当時のジュストでも肌がびりびりするくらい凄まじいものだった。

九重の呪いを宿すその場所に足を踏み入れた人間は一瞬で魂を吸い取られ、魂の抜けた肉塊が森へ引きずり込まれて二度と出てこないことから、彼らは人喰いの森と呼んでいる。

魔物にとっては魔物狩りが起こったときの避難場所であり、美しく豊かな自然の恩恵を受けられる生活の場であり、いなくなってしまった魔女たちの偉力を強く感じられる精神的な拠り所でもあった。

魔女の森はドラゴンギルドと対をなす魔物たちの最後の砦――それを知っている政府と帝国軍はクレーンや掘削機を使い、大砲を撃ち火をつけ、繰り返し魔女の森の排除を試みてきた。

だがそれらはことごとく失敗に終わっている。

──ボスが朝食もとらずに森へ行ったのはこのせい……？

否、リーゼたちが出発したとき新聞はまだギルドに届いていなかった。それなら、やはりほかの理由があって早く出たのだろうか。しかし彼らは新聞より先に知る手立てを持っている。

「……………」

我に返ったジュストは堂々巡りの思考をやめた。

新聞記事は、兵士と開拓業者の遺体が回収できず作業が滞っていることを伝えている。ドラゴンギルドの責任者がみずから森の視察へ行ったことも数日のうちに報じられ、それが抑止力となって、帝国軍はまた魔女の森の開拓を諦めるに違いない。

今ここでジュストがあれこれと思い悩んでも意味はなく、時間の無駄でしかなかった。それよりも、筆頭バトラーと稼ぎ頭が不在のドラゴンギルドを通常通り稼働させることに集中する必要がある。

ジュストは余計な考えを棄て、新聞を畳んで休憩室を出た。


いつもは自由奔放な竜たちだが、今日だけは協力しようと思ってくれたらしい。

毎回戦場みたいになる竜の帰還とオーバーホールも、そのあとに控えている議会も無事に済み、心配していた大きなトラブルもなく営業を終えたドラゴンギルドは正門を施錠した。

第二、第三ゲートを閉め、第一ゲートだけを開けて誘導灯をつけたままにしているのは、まだ帰還していないサリバンのためだった。

ジュストは宿舎の自室で一人の時間を過ごしている。

広いとは言えない部屋には天井に触れるほど高い本棚と、寝台とクローゼット、学習机のほかに細長いテーブルがある。それは抑制剤を作るための作業台で、多くの薬瓶を詰めた薬草棚やオイルランプ、フラスコと試験管、顕微鏡などを置いていた。

年季の入った学習机の横には縦長の出窓があり、ジュストはいつもそこに座って過ごす。

今は寝間着の上からガウンを着て、薬草入りのブランデーをちびちびと飲んでいた。

グラスを出窓に置いて手を拭き、昨日フォンティーンから贈られた箱を開けると、真新しい懐中時計が銀の輝きを放つ。

「綺麗……」

小さな円の中に緻密に彫刻された、睡蓮の浮かぶ泉。その静謐と美しさはフォンティーンを連想させた。時計屋を訪ねるたび一点物のこれがまだショーケースに飾られていることに安堵していたが、まさか自分のところへやってくるとは思いもしなかった。

――明日からこっちを使おうかな。

筆頭バトラーに見つかったら物凄く怒られるから気をつけないといけないけれど。銀色の懐中時計は不思議なほど手に馴染み、ジュストは口元をほころばせながら蓋を開く。

繊細な黒色の針は午後十一時四十九分をさしていた。

「遅いな……」

日付も変わろうとしているのに、リーゼとサリバンはまだ帰ってこない。

ジュストはこれまでのギルド創立日を思い出す。大切な母親の魂を慰め、ともに過ごす穏やかな一日だろうに、戻ってきたリーゼは毎年のように疲れていて機嫌が悪かった。

『夜遅くまで、魔女の森でなにをしてるの？』――リーゼが疲れ果てて帰ってくるたび訊ねたいと思ったそれは、十九年のあいだ一度も口にできずにいる。ジゼルとリーゼの関係に、ジュストの立ち入る余地はなかった。

魔女の息子である黒猫、黒猫の息子である美魔。三者に血のつながりは一滴もない。

しかし魔女と黒猫の絆は世界で最も強固で、黒猫と美魔の関係は紙切れ一枚のひどく儚いものだった。

――契約書だって、もう捨てられてるかもしれない……。

それもしかたないと思う。リーゼがジュストを息子にしたのは緊急措置だったから。

ジュストは薬草入りのブランデーをひとくち飲み、窓の外を見つめる。春の訪れを待つドラゴンギルドの中庭はとても静かで、星々の瞬く夜空に月の姿はなかった。

でも明日の夜あたりから細い月が見えるようになり、それが二週間後には青色の満月となるのだろう。

「……………」

青い月が昇るまでに見つけなければならない、瑠璃の泉と天藍石の花――また少し焦りを感じたジュストはグラスと懐中時計を置いて古い茶色の手帳を開き、そこに記した文章を読み返す。

【魔女たちはこの世界のどこかに自然と湧く瑠璃色の泉を作り、泉の底に自分たちの宝物を隠した】

【淫魔が魔女から聞いた話……泉の底に黒くて青い天藍石の花が咲いている。天藍石の花は呪いを殺す】

ひどく曖昧なこれらを頼りとしてしまうジュストには、瑠璃の泉が『この世界のどこか』ではなく『魔女の森のどこか』にあるように思えてならなかった。

ドラゴンギルドと対をなす、魔物たちの最後の砦——魔女の森以外に瑠璃の泉を隠し守れる場所はきっとない。

森はあまりにも広く、大樹や巌が自由に動いたり、強すぎる魔力のせいで空間が歪んでいるところがあったりするという。ジュストは名無し書店へ行くたび、魔女の森に関する書籍を閲覧してきた。蔵書数があまりにも膨大すぎてまだなにも見つけられていないけれど、呪いを解く手がかりが、一度しか行ったことのないあの森に存在するという直感を信じ、次も魔女の森についての書籍を読むつもりでいた。

また追いかけてこられるのは敵わないから、フォンティーンが遠方の任務にあたる日に外出したい。今日もフォンティーンの任務地は遠く、彼が帰還するまでにハーシュホーン通りへ行って戻ってくることも可能だったが、リーゼとサリバンが不在のときに外出する気はさすがに起きなかった。

——フォンの帰りが遅い日って、次はいつだろう。一日でも早く閲覧しに行かないと……。

ジュストはブランデーを飲みほして出窓からおりる。懐中時計とグラスと手帳を机に置き、その片隅に座らせている色褪せた玩具に——フォンティーンによく似た水竜の縫いぐるみに一度だけ触れた。

「ボスとサリバン、帰ってこないな……」

リーゼはまた疲れ果てているだろうから、代わりにサリバンの洗浄とオーバーホールをしたかったけれど、諦めて寝台に入る。昨夜ほとんど眠る時間がなかったことと今日ずっと気を張っていたこともあって、まぶたを閉じると眠気がすぐにやってきた。

最近になって昔のことを思い出す機会が増えたせいだろうか、ジュストは言葉であらわせない不思議な感覚に包まれ、深い眠りの淵を落ちながら七歳の少年に戻っていく。

その夜に見た長い夢は、追憶のドラゴンギルドだった。

水竜の蹼に包まれて得た初めての安堵はきっとすぐに消え、帰る場所がないジュストはまた別の歓楽街へ連れて行かれてしまうのだろう。それは本当に悲しくて嫌だから、どうかこのまま二度と目が覚めませんように——。

そう強く望みながら意識を手放したのに。

＊　＊　＊

「ぐずぐずするなっ、さっさとここに名前を書け！」

目を覚ましてしまったジュストは執務室というところへ連れてこられて、なぜか一度しか会ったことのない男に——片眼鏡をかけた若いバトラーに怒鳴りつけられていた。

「どう、して……？　こわい……」

今が夢ではないことは理解しているし、ここがドラゴンギルドであることはさっき教えられた。でもそれ以外なにひとつわからない。若いバトラーの名も、彼の隣に座っている美しくて恐ろしい魔物の正体も、いきなり怒られている理由も——。

ジュストが目を覚ましたのは三十分ほど前だった。

そこは小綺麗な部屋の寝台で、恰幅のいい男の人に「気分はどうだい？　吐き気とか、どこか痛いところはないかな？」と訊ねられた。なぜ知らないところで寝ているのかわからなくて、ぼうっとする頭で眠る前の出来事を思い起こす。

フォンティーンの冷たい前脚と半透明の蹼、ジュストを見て驚愕するバトラー、熱風にさらされながら必死で竜の名を呼び――そして歓楽街を呑み込んでいく〝意思を持つ炎〟が浮かんできた途端、身体が震えだした。

「た、助けて……！　怖いっ」

「大丈夫、ここはドラゴンギルドだ、きみが怖いと思うものはなにも入ってこないよ」

歓楽街の暗い部屋で男に襲われた記憶まで蘇り、拒否反応を起こしてしまった。しかし今いる部屋は明るくて清潔で、執事の格好をしたこの人からは嫌な気配を感じない。ドラゴンギルドという言葉に驚くジュストへ優しい笑顔を向けてくる。

「名前は聞いたよ、きみはジュストだね。私はバトラーのクロードと言う。ジュストはかなり怖い目に遭ったようだし、無茶をさせたくないんだが……起きたらすぐ連れてこいと言われていてね。――おなかが空いているだろう？　これを食べてから執務室へ行こうな」

クロードに促されて寝台からおりたとき、真新しい大人用の寝間着を身につけていることに気づく。用意してくれていた大きなスリッパを借り、手洗いを済ませてジュースとビスケットをもらったけれど、頭が混乱しているせいか味がまったくしなかった。

ここがドラゴンギルドだと聞いてもフォンティーンのことを訊ねる勇気が出ないまま、がくがく震える足で長い廊下を歩いた。やがて見えてきた艶やかな飴色の扉をクロードがノックすると「どうぞ」という短い返事が室内から聞こえてくる。

開かれた扉の向こうは豪華な部屋で、巨大な書棚と暖炉も、黒革の椅子と書類が山積みになった机も、応接セットも、すべて王さまが使っていそうなくらい立派なものに見えた。

「やっと起きたか。座れ」

そう言って自身も黒革の椅子から立ち上がりソファへ移動するのは、フォンティーンの背に乗って火災現場へ来た片眼鏡のバトラーだった。助けてもらった礼を伝えたいと思っているのに、雰囲気に呑まれて言葉が出てこない。

ローテーブルを挟んだ向かいのソファにはすでに別の誰かが座っている。長い金髪を三つ編みにしているその人は、大人の男性よりひとまわり以上も大きな身体に銀灰色の軍服みたいなものを着て、ぞっとするくらい美麗な貌を向けてきた。

でも、人間じゃない。髪の合間から角を生やしている、魔物——縦長の瞳孔をした金色の瞳で見つめられ、ジュストは肩を震わせる。

「うわ、すっごく綺麗な子！　オレンジ色の髪と、紫とピンクの瞳って、宝石でできてるみたい。フォンが誰かに熱をあげるなんておかしいなあって思ってたんだけど、納得したー。こんな小っちゃくて綺麗な子に求められたんじゃあ、あの堅物のフォンだって勃起しちゃうよ」

「おい、子供の前でくだらねえこと言うな」

「うーん、リーゼくんが考えて決めたことを止める気はないけどさ、ちょっとフォンティーンがかわいそうになってきたかも。自分だけのものって決まってるのに、ずぅーっとセックスできないなんて……ぼく経験してるからわかるけど、あれ以上につらいことはないよ？」

「いいから少し黙ってろサリバン。おまえがしゃべると話が余計ややこしくなる」

「はぁい。綺麗なこの子を見つめとくー。ぶかぶかの寝間着とスリッパかわいい。脚も白くて細くて……フォンはこれを舐めるの何年も我慢するわけ？　ああ生殺し、かわいそう」

やけに飄々とした魔物と苛立っているバトラーの会話がまったく理解できない。

不安が膨らむ一方なのに、クロードはジュストを大きなソファに座らせ、部屋を出て行ってしまう。彼の背を縋るように見ていると、乱暴に手を取られてペンを握らされた。

「説明はあとでしてやる。今すぐこの空欄におまえの名前を書け」

若いバトラーがローテーブルに置いた紙を指さしてくる。

紙を埋める小さな文字の羅列は七歳の子供には読めないものだった。でもわかる、ここに名を書いたら歓楽街の暗い部屋へ連れて行かれるのだと。なにも知らされないまま紙の空欄に名を書かされ、そのあと恐ろしい経験をしたジュストは首を横に振る。

するといきなり『ぐずぐずするなっ、さっさとここに名前を書け！』と怒鳴りつけられた。

我慢など少しもできずに涙が滲んでくる。目が覚めてたったの三十分で、こんなことになるなんて思いもしなくて――。

「わか、らない。どうして……」

「綴りがわからんのか？　J・U・S・Tだ、さっさと書け」

怒鳴るバトラーよりも歓楽街へ連れて行かれるほうがずっと怖くて、ジュストはなおも首を横に振った。どうして目を覚ましてしまったのだろう。水竜の蹼に包まれて得た初めての安堵の中で永遠に眠ったままでいたかったのに。

「いやだ、書きたくない……こわい」

「ここに名前を書かねえと、もっと怖いことになるぜ？　その歳で竜に犯されたくなんかないだろ？」

「竜……？　お、おかされるって、なに……？」

その言葉に漠然とした不穏を感じた。バトラーが片眼鏡をカチャリと鳴らし、ぴんと吊り上がった猫のような瞳を細くしてジュストを睨みつけてくる。

「犯されるというのは子供には少々きついか。襲われる、に言い直すとしよう。おまえ、男に襲われたことがあるだろう？」

「えっ……」

淀みない早口で話すバトラーの菫色の瞳には、なにもかもを見抜く妖しい力が宿っているみたいだった。

「襲われるってのは、たとえば馬乗りになられたり服を破られたりすることだ。おまえが最初に襲われたのは約五か月前、昨夜を含めて四度……そのたび突然なにもないところに炎が発生し、あっという間に広がって町村と人間たちを焼いた。おまえだけを残して――俺の言ってることにまちがいがあれば訂正してかまわない」

「――！」

　驚愕のあまり呼吸することを一瞬忘れた。出会ったばかりの名も知らない青年が、まるでジュストをずっと見てきたかのように、その時期と回数までを正確に言い当てる。

　地方の養護施設で育ったジュストは七歳になった夜に施設長に襲われた。彼の異様な形相と乱暴な手が恐ろしくて叫んだとき、初めて〝意思を持つ炎〟があらわれる。炎は施設長を焼きながら幾つも飛び火し、花びらが次々と開くように燃え広がって瞬く間に大火と化した。

　移り住んだ先々でも同じ出来事が――施設の男性職員に襲われたジュストが泣き叫んだ瞬間に発火するという怪異な現象が二度も起こる。

　意思を持つ炎は五か月でみっつの養護施設を焼き、ドラゴンギルドからフォンティーンが来るまでのわずかな時間に町と人々を燃やし尽くした。

「う、ぅ……」

　怖くて悲しいことばかり思い出してしまう。もしかしたら『大火災を呼ぶ子供』というような噂が流れたのかもしれない。みっつの町が消滅したあと周囲の養護施設はどこもジュストを受け入れなくなった。

　そして四度目の意思を持つ炎があらわれた昨夜――行き場を失くして道端に座り込んでいると、優しそうな男の人が近づいてきて『この紙に名前を書いたら、大きくて柔らかいベッドのあるおうちに泊まれるよ』と言う。ジュストは迷う隙も与えられずに、なかば無理やり紙の空欄に名を書かされた。

そのあとすぐに歓楽街の暗い部屋へ連れて行かれ、興奮した男に襲われて、悲鳴をあげた瞬間、薄汚れた床に一輪のアマリリスを思わせる炎が生まれ——。

「……ああっ！　どうして!?」

信じられない光景に身体を震わせて叫ぶ。思い出したくないことで頭の中がいっぱいになり恐怖が頂点に達したとき、ぼうっと音を立ててローテーブルに炎の花が咲いた。

このままでは目の前にいるバトラーも魔物も、ドラゴンギルドまでもが燃えてしまう。ジュストは涙を落としながら「逃げてっ、逃げて……！」と必死で言った。

「出やがった。サリバン」

「うん、任せて」

しかし恐れ慄いているのはジュストだけで二人は焦ってすらいない。サリバンと呼ばれた魔物は長い指から緑色に煌めくものを生み出し、ふっと息を吹きかけた。すると緑色のそれが小さな鳥籠のようになって炎を閉じ込め、またサリバンの手へ戻っていく。

「……！」

夢みたいな一瞬の出来事に驚きすぎて涙が引っ込んでしまい、濡れたアプリコットオレンジのまつげをぱちぱちと瞬かせた。こんな不思議なことは絵本や御伽話にだって出てこない。

「これはまちがいなく〝焰花〟だね」

ジュストにとって意思を持つ炎ほど恐ろしいものはないのに、美麗な魔物は掌に浮かばせている鳥籠の中の炎をうっとりと眺めるようにして言った。

「こんな綺麗なリコリス・ラジアータは久しぶりに見るよ。美魔に宿ってる呪いが強ければ強いほど、美しい花びらの形を維持した焔花が咲くっていうじゃない？　……ってことは、ジュストが持ってる魔女の呪いは相当強いってことだ。こんな小さな子供にも背負わせるなんて、あの魔女は相変わらず性悪だよねぇ」

「サリバン、余計なこと言うな」

会ったときからずっと飄々としているサリバンは、ぞっとするような禍々しい笑みを浮かべて、いとも容易く炎の花を握り潰した。その信じがたい光景を呆然と見ていたジュストの脳裏に、火災現場で聞いたバトラーの言葉が浮かぶ。

『やはりこれはただの火じゃないっ！　――〝焔花〟だ！』

『なぜ魔女の呪いが残ってる……⁉　おまえ、美魔なのか⁉』

焔花、魔女の呪い、美魔――バトラーも、今のサリバンと同じことを言っていた。あのときは朦朧としていたけれど、それでも憶えているくらいに、ジュストを見てくるバトラーの驚愕と動揺は激しいものだった。

「えんか……って、なに……？」

訊かないほうがいい、きっと訊いてはいけない。そう考えるよりも早く唇が動いてしまっていた。先ほどの禍々しさが嘘のようにサリバンはにこにこと笑う。

「焔花ってのはねえ、今ジュストが出した炎のことだよ。美魔の一族にかけられた、魔女のしつこい呪いのこと」

「ぼ、僕が、出した？」

「いいかげんにしろサリバン、説明はあとだ、早く契約書に名前を――」

「リーゼくん、なにをどこまで話すか迷ってるんでしょう？　あの魔女のこと恨まれたくないもんね。ぼくが話してあげるよ。おちびちゃんにもわかりやすいように、ざっくりとね」

「……っ。彼女のことは黙ってろ」

「はいはい。――ジュスト、怖いことはなんにもないから、ぼくの話を聞いてくれる？」

また二人の会話がまったく理解できない。でも怖いことはなにもないなんて、そんなの絶対に嘘だ。バトラーの顔には火災現場で見たものと同じ動揺が浮かんでいる。

意思を持つ炎がここに発生した恐怖と、それがすぐに消された混乱と、得体の知れない不安で震えが止まらなかった。大きなソファの上で身体を縮こめるジュストに、サリバンが優しく語りかけてくる。

「ジュスト、きみはね、人間じゃなくて美魔っていう魔物なんだ。美魔の一族は、すっごく綺麗で頭がよくて、いやらしいことをするのが大好きだから、雄を誘う匂いをいつもたくさん漏らしてるんだよ。きみが人間の雄に四回も襲われたのは美魔の匂いのせいだね」

「僕が、まもの……？　ちがう、だって、ずっとしせつでくらしてきたし、ずっとまものに会ったこと、なくて……あなたみたいにふしぎな力や、角とか……ないから、……」

真っ向から否定できずに、ただでさえ小さな声が掻き消えそうになる。

臍の緒が付いた状態で養護施設に置き去りにされ、そこで育ったジュストは、両親の顔も名も、彼らが人間なのか魔物なのかも知らない。だから自分が人間であると言いきれたことがなかった。

「うんうん、言いたいことはよくわかるよ。でもジュストは魔物なんだよね。とびきり綺麗な貌と、左右で色が違う瞳と、雄を誘う独特の匂い……これを持ってるのは美魔だけだから。あとは魔女の呪いが、なにより美魔の証拠だね。魔女が美魔の一族にかけた呪いはふたつあるよ。ひとつは〝身に危険が及ぶと焔花が咲く〟呪い。もうひとつは〝愛する者を破滅へ導く〟呪い。ジュストに宿ってる呪いが、雄に襲われたことに反応して焔花を咲かせて、そこらじゅうを燃やしちゃったわけ」

ぺらぺら喋るサリバンの話はほとんどわからない分、理解できる少ない言葉がなおさら心に深く突き刺さる。止まっていた涙がさっきよりも勢いよくあふれだす。首が折れそうなほどに項垂れると、ペンを握る小さな手に雫がぱたぱたと落ちた。

「う、そ……だ、――」

物心がついたときから抱えてきた、自分は人間ではないかもしれないという漠然とした不安。その答えをいきなり突きつけられても受け入れるなんてできない。なによりジュストを打ちのめすのは、〝意思を持つ炎〟の正体――。

追い打ちをかけるように、バトラーの冷ややかな声が杏色の髪にぶつかってくる。

「その身に危険が及び、おまえが恐怖を感じたとき焔花は必ずあらわれる。焔花は感情に左右されやすい。強い憎しみや怒りに駆られたときも同様の現象が起こるだろう」

「いみわかんないっ……。あ、あなたの、言ってること、ぜんぶ……」

「高い知能を持った美魔のくせにわからんのか？　なら、もっと簡単に言ってやる。おまえは魔物で、魔女の呪いを持ってる。四度の大火事はおまえが作った炎が原因だ。おまえ、不思議に思っていたんじゃないか？　なぜ自分が泣き叫んだときだけ火が出るんだろう、なんで水をかけても消えないんだろう、ってな」

　バトラーの猫みたいな目が、ふたたびジュストの心を見透かしてくる。

　まぶたを閉じるだけで鮮明に浮かんでくる恐ろしい炎の花々。あれらを生み出していたのは、ほかの誰でもない、ジュストだったなんて。

　意思を持つ炎は――焔花は、いったいどれほどの命を奪ったのだろう。転々とした養護施設には自分より幼い子供や乳児も多くいた。男に襲われたジュストが恐れを感じたのが駄目だったのだろうか。泣き叫ぶのを我慢すれば炎も生まれることはなく、町は今夜も温かな灯りで満たされていたかもしれない。

「うぅっ」

　やはり目を覚ましてはいけなかった。フォンティーンの蹼に包まれて意識を手放したまま、永遠に眠るべきだった。

「いやだ、いやだっ……もう消え、たい。……し、……死、――」

「たった七歳のくせして、なぁにが死ぬだ。ちょっとびびっただけで町ひとつ焼く焔花を出すおまえが死ぬとき、どれだけの炎があがる？　この国を灰にして死ぬ気か？　そんなの絶対に許さねえぞ。死ぬなんてくだらんこと思いつく暇があるなら、どうすれば魔女の呪いが解けるのか、呪いを発動させずに生きられるのか、自分の頭を使ってよく考えろ」

たった七歳の少年に、そのようなことができるはずもなかった。

パタ、とサイズの合っていないスリッパの落ちる音がする。ジュストはソファの上で膝を抱え、そこに顔を伏せた。

「もうっ、泣いちゃったじゃない。ぼくがせっかく優しく話したのに、リーゼくんのいじわる。今フォンティーンが帰ってきたら大暴れするよ、ぼくだけじゃ止められないかもね」

サリバンがそう言ったきり、しばらく誰も言葉を発しなくなった。

今のジュストにフォンティーンの居場所を訊ねる心のゆとりはない。広くて豪華な執務室に、ぐすっ…ぐすっ…という洟を啜る音だけが響く。

やがて溜め息をつきながらバトラーが低い声を出した。

「時間がない。あと一度だけ言う。今すぐこの契約書に名前を書け」

「……なまえを、書いたら……また、……くらいへやに売られる」

「はあ？　なんだそれ。なんで俺がおまえを売らなきゃならねえんだ？　そんな端金要るかよ。これは父子契約書だ、俺とおまえの」

「えっ？　……ふ、ふし？　けいやくって、なに？」

「この紙に名前を書くのはおまえだけじゃない。俺も書く。そうしたら俺たちは親子になる。

おまえは俺の息子になるってことだ」

「おやこ……？」

一瞬、聞きまちがえたと感じた。思いもよらないその言葉に物凄く驚いて顔を上げ、涙に濡れた紫と桃色の瞳でバトラーを見つめる。まだ名を名乗ろうとすらしない、二十歳ほどの若者と父子になるなどと、誰が考えつくだろう。

感情がせわしなく入れ替わり、今は困惑ばかりになる。ジュストが不審げに眉根を寄せると、サリバンが「あはは、そんな顔もするんだ。かわいい」と笑った。

「めちゃくちゃ嫌そうだなぁ。仮初めの契約と思ってかまわねえぜ？」

笑うサリバンの隣で『仮初め』というわかりにくい言葉を使うバトラーも皮肉な笑みをこぼす。そして片眼鏡をカチャリと鳴らし、また淀みない早口で言った。

「仮初めだって契約は契約だ。俺は息子になった奴を男どもにさらすような真似はしない。もし襲ってくる輩がいたら、俺が責任持ってぶちのめしてやるよ。おまえの身に宿る魔女の呪いはドラゴンギルドが捩じ伏せる。だがそれに胡坐をかくことは絶対に許さない。感情のコントロールを覚え、美魔の匂いを抑える薬を見つけるなりして——魔女の呪いを解く方法を突き止めてみせろ。この父子契約書は、無力で非力な今現在のおまえをありとあらゆる恐怖から守るための、唯一かつ最強の手立てだ」

「……………」

「名前を書かなければ今すぐギルドから放り出す。行くあてがあるなら馬車くらいは用意してやろう。まあ、どこへ行っても男どもに群がられるだろうがな。たとえ裸に剝かれたおまえが泣き叫び、焔花を発生させたとしても、正式な出動要請があるまで俺は竜たちを動かさない。赤の他人を無償で助けるほど俺は聖人君子じゃあないんでな。——ジュスト、名前を、書け」

早口で難しい言葉を喋ってばかりのくせに、バトラーは最後だけわざとゆっくり声に出す。守ると言いながら脅してきて、わけがわからなかった。

でも、真剣なまなざしをするバトラーはジュストを悪いようにはしないと感じられるし、彼の言う通りジュストは無力で非力で、そんな自分が今できるのは契約書の空欄に名を書くことだけだった。

大きなソファに埋まったままではローテーブルに届かないから、手汗と涙にまみれたペンを握り直して立ち上がる。

絨毯に両膝をついて契約書に両手を添えるジュストのことを、サリバンはにこにこしながら見つめ、バトラーは睨みつけてきた。視線を浴びるほどに手が震えて、わずか四文字を書くのにひどく苦労した。〝JUST〟と書き終わるなり乱暴に手をつかまれ、ぞくっと戦慄が走る。

「なにするのっ」

「名を書いただけでは契約は成立しない。魔物には魔物のやりかたがあるんだよ」

片眼鏡をぎらりと光らせるバトラーはテール・コートの内ポケットからペーパーナイフに似た細い刃物を取り出し、その刃先をジュストの掌に滑らせる。痛みを覚えるよりも先に小さな手が鮮血で真っ赤になった。

JUST

緑色の指輪を嵌めたバトラーの手に包まれて、無理やり拳を握らされると、赤い雫がぽたりと落ちる。

「あっ……!?」

そのとき、契約書に落とした血液がしゅうしゅうと音を立てて動きだした。紙の上を這い、パチッと火花をあげながらジュストが書いた文字に沿って染み込んでいく。

やがて血の色に染められた〝JUST〟の文字が、赤い刻印のようになった。

「よし、これで終いだ。サリバン、涙を落としてやってくれ」

「いいよー。ジュスト、おてて出してごらん。痛いの我慢してえらいね」

あまりにも不思議な様子をぽかんとして見つめていると、ローテーブルを挟んだ向こうからサリバンの大きな手と端麗な貌が近づいてくる。

よく見れば彼の眦には緑色の鱗みたいなものがあった。じくじく痛む掌と、サリバンの鼻先との距離がほとんどなくなったとき、長い金色のまつげに橄欖石と緑玉石を混ぜ合わせたような雫が生まれた。見たこともない幻想的な煌めきを放つそれが掌に落ちると、痛みが一瞬で引いていく。

「わ……すごい、傷もなくなった」

「竜の涙は薬なんだよ。もう痛くないでしょう?」

「うん……でも竜って? 涙がおくすり? あ、あなたは竜なの? どうなってるの……?」

「おくすりだってー。きみ、ほんとかわいいね。手も小っちゃいし、もうたまんない」

楽しそうなサリバンと戸惑うジュストのやりとりを、バトラーは完全に無視する。契約書に名を書くと一瞬の躊躇もなく掌の皮膚を裂き、拳を握ってぼたぼたと血を落とした。

先ほどと同じ不思議な現象が起こり、〝LIESE〟の赤い文字が刻印される。

「リーゼくんも、おくすりで治しとこうね」

「俺はいい。舐めときゃ治る」

「あぁん、だめだめ！　そしたらぼくが舐めてあげる。はい、おてて出してごらん」

「やかましいっ。いま大事なとこだろうが、静かにしろ」

「もーっ。いいよ、今夜、涙じゃないほうのおくすりいっぱい出して治しちゃうから」

ジュストにはわからないことでおどけるサリバンをまた完全に無視したバトラーは「ふむ」とつぶやきながら契約書を確認した。

そして、猫みたいな菫色の瞳でジュストを見据えてくる。

「両者の血潮を以てここに父子の契約は成立した。俺の名はリーゼ。ドラゴンギルドの筆頭バトラーだ。契約に則りおまえを保護する。俺の息子であることが気に食わないなら、ばかな雄どもを軽く往なすくらいの知恵と能力を身につけろ。そうすればいつでも契約書を破り捨てて父子関係を解消してやるよ。ま、そのあとは雇用契約書にサインさせるがな」

「リーゼくん、その言いかただと最初から働かせるのが目的っぽく聞こえちゃうよ？」

「今でも相当な上玉で、将来さらに別嬪になるんだぜ？　バトラーにしないでどうする」

ようやくリーゼと名乗った若いバトラーが、ジュストにはわからない冗談を言って笑う。

——へん、なの。あとからなまえを言うお父さんなんか、いないと思うけど……。

歳が十と少ししか離れていないように見えることにも違和感を覚えたジュストは、自分の父親になったらしいリーゼへの警戒を解けずにいた。しかし皮肉の含まれていない笑顔を見せたり、サリバンと冗談を言い合ったりするリーゼは、『時間がない』と苛立っていた先ほどまでの彼と少し違っている。どうしてあんなに急いでいたのだろう——。

そのときドンドンドンッと扉が乱暴にノックされた。ジュストは肩をびくつかせ、落ち着き払っているリーゼは「間一髪だったな」とつぶやく。

「ジュストっ」

「え、っ……？」

執務室へ入ってきた魔物がいきなり自分の名を呼んだことにジュストはふたたび肩を震わせる。三人が座る応接セットまで一気に駆け寄ってきた彼のことを魔物と思ったのは、サリバンとよく似ているからだった。

腰まで届くまっすぐの銀髪を束ねている以外は、整った顔立ちも、長躯に銀灰色の軍服を着ているのも、立派な角もサリバンと同じ——そう思ったときには魔物の大きな両手に腰をつかまれていた。

「わぁっ」

抱き上げられた拍子に履き直したばかりのスリッパが両方とも脱げてしまう。魔物の身長は十五テナー（約二百センチ）を超えていて、絨毯の上に転がるスリッパがやけに遠くに感じられた。

「た、たかい、こわいっ……はなしてよ、あ、あなた、だれっ？」

「どうした、なぜそのようなことを言う？　一時的な記憶障害でも起こしているのか？」

魔物は片腕でジュストを抱き直し、もう片方の手で頭を撫でながら端整な顔を近づけてくる。

その様子を半開きの瞳で見ていたリーゼはクリップボードを持って立ち上がり、サリバンは座ったまま言った。

「ねぇねぇ、フォン、記憶障害とかじゃなくってさ、この子たぶん竜が人型になれるの知らないよ。きみ、今の格好でジュストに会ったことないんじゃなかったっけ？」

「会ったことなどなくてもわかる、当然だろう」

硬い口調で無茶を言う魔物に、はっとなる。彼の背を流れる長い銀髪はフォンティーンの鬣と同じ色をしていた。眦に煌めく紺碧色の鱗も、ジュストを見つめてくる金色の瞳も。

「……あなた、もしかして……フォンティーン、なの？」

「そうだ。求めに応じてジュストのもとへ四度通った。昨晩、私の掌の中で眠りについたおまえをドラゴンギルドへ連れてきた」

「ほ、ほんとうにフォンティーン？」

ドラゴンギルドに来て初めて心が弾んだ。否、今までつらいことや悲しいことばかりだったジュストにとって、心が弾むというのは生まれて初めてかもしれない。四度も助けてもらったことと安堵をくれた感謝を早く伝えたくて思わず軍服をぎゅっと握る。

「フォンティーン、あのねっ、僕――」

でもジュストの望みは叶わなかった。

それは一瞬の出来事で、よく聞き取れなかったけれど、たぶんフォンティーンは「小さな美魔。今すぐ私だけのものにする」とささやいたように思う。短い言葉をこぼす彼の唇が見えないのは、ジュストの顔に近づきすぎて距離がなくなったから。話を聞いてほしいだけなのになぜこうなるのか、わからない。怖くてまぶたをかたく閉じ、唇を噛む。

しかし次の瞬間ジュストの唇に触れてきたのは、リーゼが差し込んだクリップボードだった。

「そこまでだフォンティーン。ジュストはおまえの所有物にはならん」

「邪魔立てするな」

クリップボードが下げられて見えたフォンティーンは露骨に不快感を示している。サリバンも立ち上がって腕を組み、そこから三人の大人は混乱するジュストを置き去りにして意味のわからない会話を始めた。

「俺とジュストは父子契約書を交わした。だから俺が保護者で、おまえたちの言いかたをすれば、こいつはしばらく俺のものってことだ」

「父子契約書？　なぜそのような無意味なことをした？　この小さな魔物を私だけのものとする……昨夜リーゼにそう伝えただろう」

「無意味じゃねえよ。子供の所有など絶対に許さんと言っただろうが」

「なぜだ？　かつては雌雄や年齢や種族など関係なく、所有を決めたその場で体内に精液を注入していた。私はジュストを巣へ連れ帰り、今すぐ精液を与えなければならない」

「うんうん、そうそう、フォンティーンの言う通り。それが本来の竜の一族の在りかたなんだよ、リーゼくん」

「言うと思ったぜ、そりゃ古代の話だろうがよ。世界はすっかり様変わりして、竜の本能に寛容な時代はとっくに過ぎ去ったんだ。子供を所有することは許さん」

「理解しがたい」

「おまえたち竜が理解できるとは思ってない。そのための父子契約書だ。ジュストは名目上、俺の息子になった。俺が許可するまで手ぇ出すなよ。これを業務命令とする。こいつの意思を無視して交尾なんぞしてみろ、そのばかでかい一物を鉞でぶちのめし、二度と勃たないようにしてやるからな」

リーゼが唇の片端を上げ、サリバンもふざけて「ひぃ……やだ」と股間を押さえる。

フォンティーンだけがいっさい笑わない。ジュストが触れている彼の広い肩、その軍服の下で筋肉とは違うなにかが蠢き、怖くなって手を離した。

ジュストの感情は未だせわしなく巡る。フォンティーンに会えた喜びが一気に萎んで消えたあとにやってきたのは、また不安と悲しさだった。そのような思いなど知る由もないリーゼが、自身のポニーテールを悠長に揺らして言う。

「まぁ、辛抱が下手なほかの竜とは違って、おまえなら耐えうるだろう。俺は優秀でタフなおまえの忍耐力に大いに期待してるぜフォンティーン」

「リーゼ、っ……なんという勝手な真似をっ」

頬と頬が触れそうなほど近いのに、強い怒気をあらわにするフォンティーンは爬虫類みたいな金色の瞳を見開き、剥き出しにした牙をギリッと鳴らす。間近で見た獰猛なそれが本当に恐ろしくて、ジュストは耐えられなくなってしまった。

「おろして。こわい」

「ジュスト？　どうした、なぜ涙など――」

紫と桃色の瞳から涙がぽたぽたと落ちていく。止まらない涙が我慢の堰を崩していく。

「こわい」

これまでずっと家族や友達はいなくて、つらいことと悲しいことしかなかった。

自分は人間か魔物かわからなかったけれど、美魔という魔物と宣告された。

美魔には――、ジュストには魔女の呪いがかかっている。呪いを解く方法はわからない。

よっつの町と多くの命を燃やした焔花はジュストが生み出したものだと教えられた。

違和感だらけの父子関係、少しも理解できない魔物たちの会話。

美しい青色の蹼に包まれて知った初めての安堵が本当に嬉しかった。だから一刻も早く礼を

伝えたかったのに、目の前で牙を剥き出しにする竜がたまらなく恐ろしくて――そのとき、さ

まざまな感情とずっと堪えてきたものがぐちゃぐちゃに混ざり、ぱちんと弾けた。

「おろしてっ！　こわいよ、おろしてぇ……っ！」

自分でも驚くほどに、ジュストはわぁわぁと声をあげて泣いた。普段ほとんど泣いたことが

なく、こんなにも大泣きをするのは初めてだった。もしかしたら養護施設にいたときに溜め込んでいた涙も一緒になって流れ出たのかもしれない。

「私の腕の中にいればなにも恐ろしくはない。泣くなジュスト」

頬をべたべたに濡らす涙や垂れた洟までフォンティーンが舐めようとしてくるから、ジュストは腕を千切れんばかりに伸ばし、可能な限りの距離を取って「やめて！　やめて!!」と叫ぶ。ジュストが癇癪を起こして泣き喚いたのはこれが最後で、このときほど困り果てて狼狽したことはないと、のちにフォンティーンは語っていた。

「なんだよ……そんな泣くことねぇだろ……」

「えぇー、泣かしたきみがよく言うよ。あーぁ、ジュストかわいそう」

「俺か!?　俺じゃねえだろ、フォンティーンだろうがよ」

サリバンに指摘されたリーゼは妙に戸惑いながら壁に設置された伝声管へ向かって「クロード。話はついた。あと頼む」と言い、フォンティーンはひどく困惑していてもなお「ジュストは私の巣へ連れて帰る」と言い張った。

「やめとけ、今そいつを巣に入れたりなんかしたら冗談じゃなく嗚咽で息絶えるぜ？　フォンティーン、おまえには話がある、ここに残れ。それと、ジュストはバトラーの宿舎で生活させる。無理やり巣に連れ込むような真似するなよ」

伝声管から泣き叫ぶ声が聞こえたのだろうか、クロードは焦った様子で執務室へ駆けてきた。それでもフォンティーンは頑なに腕をほどこうとせず、サリバンとリーゼとクロードの三人がかりで水竜から引き剝がされたジュストは、クロードに手を引かれて部屋を出た。

大きなスリッパをずるずると引き摺る音と泣き声だけが、長い廊下に響く。

「ジュストの部屋のふたつ隣が私の部屋だ、怖くなったり話したいことができたらいつでもドアをノックしてくれてかまわないよ。テーブルに新しいジュースとお菓子を置いておいたからね、おなかが空いたら食べなさい」

もといた部屋へ戻ったころには「うっ、うぇっ」という吃逆みたいなものが止まらなくなっていて、クロードへ礼を伝えられないジュストは何度もうなずいた。

一人になってすぐに毛布の中へ潜り込む。そのときにはもうなにが怖くてなにがつらいのか混乱してわからなくなり、ただひたすらに泣いた。いつも一緒に寝ていた羊の縫いぐるみが燃えてしまったのも自分のせいだと気づき、また悲しさが募る。ジュストは代わりに小さなクッションを抱いてまぶたを閉じた。


泣いては眠り、目覚めては泣いてまた眠る——それを繰り返したジュストが寝台から出たのは、翌日の午後だった。

「……………」

顔は乾いた涙でがびがびになり、ひどく腫れたまぶたは半分ほどしか開かない。

どうしてあんなに泣き喚いてしまったのだろう。養護施設で子供たちに瞳の色をからかわれても、独りぼっちでも涙を我慢できていたのに。狼狽するフォンティーンと戸惑うにするリーゼを思い出し、大泣きしたことが恥ずかしくなってくる。

手洗いを済ませ、洗面台で顔を洗ったとき、鏡に映る紫と桃色の瞳が見えた。

——僕、は……美魔っていう、魔物……。

魔物と宣告されたことはひどくショックだったけれど、昨日までのジュストと今日のジュストはなんら変わりなく、魔物という実感もなかった。それよりも魔女の呪いのほうがずっと気にかかる。

人々の命を一瞬で奪うあの炎の花はジュストが生み出したもの。そう聞かされたことが恐ろしくてしかたなかった。自分が原因だなんて信じたくない。

——でも、どうしよう。僕のせいで、また出たら……。

魔女の呪いは七歳の少年には受け止めきれないほど残酷で、少し考えただけでも涙が滲む。しかし絶対に泣かないと決めたジュストは腫れたまぶたをごしごしとこすり、涙を遠くへ追いやった。

バトラーの宿舎というこの部屋は誰も使っていないようで、清潔だけれどがらんとしていた。新品のクローゼットや背の高い本棚にはなにも入っていない。机と椅子が置かれた横には縦長の出窓があり、午後の柔らかな光が差し込んでいる。大きなスリッパをぺたぺた鳴らしながら出窓へ近づき、外の様子をうかがうと中庭が見おろせた。

飴色の大階段をたくさん上ったところにあるこの部屋は三階くらいだろうか。

「あっ……！」

誰にも聞こえないのに、ジュストは思わず自分の口を手で塞いでしゃがみ込む。

手入れの行き届いた美しい中庭にはベンチや丸いテーブルや椅子などがあり、そのひとつに軍服姿のフォンティーンが脚を組んで座っていた。離れているところからジュストの瞳をまっすぐとらえ、指の動きだけで「こちらへ来い」と示してきた。

でも、見えにくかったし勘違いをしたかもしれない。立ち上がってもう一度恐る恐る窓の外をのぞくと、中庭には誰もいなかった。

「あれ。やっぱり見まちがいだ……」

「ジュスト。私が来いと言ったときは速やかに来い」

「わぁーっ！」

びっくりしすぎてドテッと尻餅をついてしまった。一瞬前まで中庭の椅子に脚を組んで座っていたフォンティーンが、三階にあるこの部屋の窓を開けるなんて信じられない。

「ど、ど、どうやって来たのっ……？　──う、わ」

昨日と同じように抱き上げられてスリッパが脱げ、そのまま外へ連れ出された。

物凄く高くて思わず軍服を握ってしまう。人間とよく似た姿をしているだけで世界最強の魔物であることに変わりないフォンティーンは、涼しい顔で跳躍すると、だんっ、とロングブーツの踵を鳴らして中庭に着地した。

後頭部の高い位置で束ねた銀髪を揺らして歩き、ジュストを抱いたまま椅子に腰かける。

昨日、間近で見た、怒る水竜の鋭い牙を思い出してしまって怖くなり、ジュストは裸足をばたつかせた。

「お、おろしてよっ、どうしてこんなことばっかり——」

「腹が減っているだろう。これはすべてジュストの食事だ」

精一杯の抵抗は無視されたのではなく、気づかれなかった。丸いテーブルにはミルク、色とりどりのゼリー、山盛りのマフィンサンドが並べられている。フォンティーンの手でマフィンサンドを口に押し込められ、「ぎゅ、む」というおかしな音が出た。

昨日から感じていたがフォンティーンはかなり強引な気がする。真剣な表情の彼はまたマフィンサンドを手に取り、ジュストの口の中に入れようとした。

「まっ、て！　自分で食べられるからむりやり入れないで。のどがつまって死んじゃうよ」

「なに？　そうなのか。みっつほどなら容易に入るとばかり……」

大慌てで言うとフォンティーンはたいそう驚いて、ミルクをテーブルの手前に寄せてきた。なんだか拍子抜けして昨日の恐ろしかった彼も掻き消えてしまう。

わざわざ作りたてを用意してくれたのだろうか、マフィンサンドは温かい。すでに口の中に広がっているチーズやトマトソースの味に誘われ、ぐう、と腹が鳴る。昨日クロードが用意してくれた飲みものと菓子を食べずに寝つづけてしまったから空腹だった。

「マフィンサンドありがとう。こっちのいすにすわって食べるね」

「そのようなことは許さない」

「えっ……」

せっかく怖くなくなったのにフォンティーンはなぜかまた眉間に皺を刻みかける。腰にまわってきている腕の力も強くなった。隣の椅子に移動したかったが空腹に負けたジュストは、今だけ我慢しようと決めて、彼の腿に座ったままマフィンサンドにかぶりついた。

とびきり美味しい大きなマフィンサンドはひとつ食べたら充分で、ミルクを飲んで腹と気持ちを落ち着かせる。その様子を金色の瞳でじっと見つめられ、口元についたトマトソースを指で拭われた。

ジュストの目の前にある、長くて骨ばった指。その付け根に青く煌めくものが見えた。

「あっ。みずかき?」

思わず両手でフォンティーンの手を取ってしまう。竜の姿のときよりずっと小さいけれど、人間やジュストたちにはない半透明の青い膜が——燃え盛る炎の中でジュストに安堵をくれたあの美しい蹼が、確かにあった。

爪も薄い紺色を帯びていて、ゆっくりとフォンティーンを見上げれば、切れ長の瞳のそばに紺碧や水色に輝く鱗がある。

昨日は恐怖と混乱から逃げることに必死で、突然あらわれた人型の魔物のことを知ろうとすらしなかった。でも今はわかる。ジュストを逞しい腕で抱く彼は、荒れ狂う猛火を四度も消してくれた、ドラゴンギルドの水竜——。

「……フォンティーン、じゃなくって……フォン？　あの」

「どちらでもかまわない。みな思い思いに呼ぶ」

「うん。あのね、僕、ずっと言いたくて……なんかいも助けにきてくれてほんとうにありがとう。フォンがきてくれてなかったら、僕きっと死んじゃってた」

否、死ぬよりももっと悲惨な目に遭っていただろう。ジュストの身にかけられた魔女の呪いがもし真実なら、至るところで焔花を咲かせてしまっていたに違いない。

やっと感謝の気持ちを伝えられて嬉しかったし、フォンティーンが初めて微笑を見せてくれたことが、なにより嬉しかった。

「私のものを守るのは当然のこと。早く、もっと食べろ。小さいのはいいが、おまえは極端に痩せている。今も脚になにも乗せていないようだ」

「う、ん……。でも、こんなにたくさん食べられないよ。どうしよう、せっかく作ってもらったのに」

「コックにも言われた。子供ならばひとつあれば充分だと」

「えっ？　じゃあどうして十個くらいあるの？」

「確実にジュストを満たすためだ。――私は、私が齎すものだけでジュストを満たしたい。頭も心も、いずれ肉体も」

フォンティーンは独り言みたいな返事をしたあと、長い銀色のまつげを伏せて「しかし。やはり十は多すぎたか」などと思案する。言葉の真意はよくわからなかったけれど、真面目に考え込む竜が可笑しくて、ジュストも初めて少し笑いながら言った。

「いっしょに食べようよ。そのほうがきっと楽しいと思うんだ」

「わかった。ジュストが楽しいならば、そうしよう」

ジュストはきらきら光るゼリーを少しずつスプーンで掬って食べ、フォンティーンは残り九個のマフィンサンドをぱくぱく吞み込んでいく。その食べっぷりを見てびっくりしているあいだに大皿が空になった。

手入れが行き届いた中庭はとても広い。しかし今ここにいるのはフォンティーンとジュストだけで、ほかは誰もいなかった。

「………」

一瞬、耳鳴りがして、白昼夢を見ているような心持ちになる。

地方の養護施設で暮らしてきたジュストにとって、遠く離れた帝都にあるドラゴンギルドは、〝魔女の森〟や〝バイロンの魔島伝説〟と同じ御伽話みたいな存在だった。だからドラゴンギルドの中庭で竜と過ごしていることが不思議でならなかった。

広い世界に、フォンティーンと二人きりになったような錯覚に陥りながら、ジュストは色の異なる瞳をぱちぱちと瞬かせて訊ねた。

「フォンは、ひとり？　ドラゴンギルドにいる竜はフォンとサリバンだけ？　あの人とクロードさんのほかにバトラーはいないの？」

「現在ドラゴンギルドには十機の成体の竜と、六人のバトラーがいる。竜の世話をするバトラーの数が足りていないため、おのずと単機になる竜が出てくる。私は単機になりやすい」

「たんき、って、ひとりってこと？　どうしてフォンはたんきになりやすいの？」

「誰を単機にするかはリーゼが決めることだ。おそらくまだ幼いオーキッドやシーモア、無許可で遊戯へ行こうとするガーディアンやバーチェスを優先してバトラーをつけているのだろう。だが中庭に誰がいようと私にバトラーがついていようと関係ない。私は毎日必ずおまえをここに呼ぶ」

「ええっ……。ま、毎日？　って、なんで」

「当然だ。本来ならジュストは私の巣で暮らすものを、リーゼに卑怯な手法を用いて阻まれた。断じて許しがたい。あの父子契約書とやら……いずれ必ず破棄させる。おまえも、私のものである自覚を持つように」

その宣言通り、翌日から毎日のように連れ出された。

しかし三階まで岩山を駆け上がって、じたばたするジュストを捕まえるのが面倒になったらしく、早々に「私が呼ばなくても中庭に来ておけ」と言われてしまう。

——フォンとしか会わないなんて変じゃないかな……。

そのような思いがよぎったがジュストも毎日窓から飛ぶのは怖かったので、自分で飴色の大階段をおりて中庭へ行くことにした。

助けてもらった礼を言い損ねたまま、リーゼとはあれから一度も会っていない。

クロードに「大声で泣いてごめんなさい」と謝ると「気にしなくていいよ、七歳なのにしっかりしてるなあ」と笑って言ってくれた。

「私はリーゼから買ってくるよう言われてね、しかしフォンティーンも別で買ってきたから、結果こうなってしまった。まあ、多いに越したことはない。よかったよかった」

空っぽだったクローゼットに服や靴があふれ返っている理由のほかにも、クロードからいろいろなことを教わった。食堂の使いかたや、ギルド内で会った者には必ず挨拶して名を名乗ること、筆頭バトラーはあまりにも多忙で会う時間が取れないこと、しかしジュストのことを気にかけている、など。

毎日ジュストは食堂で昼食をとったあと、フォンティーンが買ってきてくれたスケッチブックと色鉛筆を持って中庭へ行った。相変わらずリーゼの姿は見ないけれど、ほかの竜たちと会うようになる。

「あのちびっこいの、なんだ？」

「フォンティーンが連れてきたらしいよ」

初めて見る竜たちを警戒したジュストは椅子の陰に隠れてしまったが、彼らも相当な距離を取っていた。でもクロードに言われたことを守らないといけないから勇気を出し、離れたところから「こんにちは！　ジュストです！」と必死で叫んだ。

竜は一匹違わず竜母神ティアマトーから生まれてくるけれど、物凄く大きくて丸い竜もいれば、細くて小さい天使みたいな竜もいて兄弟のようには見えない。中でもジュストが驚いたのは、豊かな髭を蓄えたお爺ちゃんのような竜がいたことだった。

「こ、こんにちは。はじめまして、ジュストです」

「はい、こんにちは。美魔の仔だね」

緊張しながらぺこりと頭を下げると、老竜のエドワードはたまらなく優しい笑顔で挨拶を返し、フォンティーンが来るのを一緒に待つあいだ、胸がわくわくする幻想的な話を聞かせてくれた。

緊張したり戸惑ったり、夜に毛布の中で眠れないまま泣くのを我慢したりして一週間が過ぎ、そのあいだジュストの頭の中を占めていたのは〝魔女の呪い〟だった。

数多といた魔物たちの中で、なぜ美魔だけが呪いをかけられたのだろう。ひとつの町を簡単に呑み込むあの恐ろしい炎の花々は、もう二度と見たくない。でも自分のせいでまた出たらどうしよう――ふとしたときに同じことを繰り返し考える。

「なにを描いている？」

「僕が考えた、でんせつのオンディーヌだよ。大きくて、きんにくがむきむきで、すごくきれいで、せかいでいちばん強いんだ。これはね、水をドバーッて出してるとこ」

「……？　私ではないのか」

「ち、ちがう。フォンじゃないよ、僕が考えた、でんせつのオンディーヌだってば」

「なぜ私を描かない？　私を描け」

「フォンは、またこんど……」

今日もジュストは新緑の美しい中庭にいて、相変わらずフォンティーンの腿に座らされているけれど、丸いテーブルにスケッチブックを置いて絵を描くにはちょうどいい高さだった。

水を吐いて大火災を一瞬で消す格好いい水竜の絵ばかり描くから、水色と青の色鉛筆だけが短くなってきている。

夢中で鱗に色を塗っていたとき、また魔女の呪いのことが頭を過ってしまった。パタ、と小さな音を立てて青の色鉛筆をスケッチブックの上に置くと、フォンティーンの声が頭上から降ってくる。

「もう色を塗らないのか」

「えっと……あとで、ぬる」

色鉛筆を箱に戻して振り返り、緑茶を啜るフォンティーンを見上げた。

物静かで硬い口調の彼は七十年以上も生きていると言っていたから、賢くていろいろなことを知っていると思う。ジュストは意を決して訊ねた。

「フォンは……魔女の呪いって、知ってる？　焔花とかいうの……」

「知っている。魔物狩りが始まって三十年余が経ち、多くの同胞が消されたため現在は知る者が少ないが、当時はよく知られた話だった。ジュストは呪いや焔花のことをリーゼたちから聞かなかったのか？」

「ほんのちょっとしか聞いてない……」

「魔女の呪いについて知りたいか？　ジュストが恐ろしいと感じるうちは話すことを避けたい。呪いも焔花も私が捩じ伏せている。無理に知る必要のないことだ」

リーゼとサリバンから教えられたときは恐ろしくて混乱もしていて意味がわからなかった。本当は今も怖い。でも知らないままなのはもっと怖いし、あのときよりは落ち着いて話を聞けそうな気がした。

視線を落とすと、そこに半透明の青い蹼が煌めく。初めての安堵を与えてくれた、水竜の大きな手だ。ジュストはフォンティーンの軍服の袖をぎゅっと握って言った。

「こ、こわく……ないよ。だから、おしえて。どうして美魔だけ呪いをかけられたの？　なんで魔女は美魔だけにひどいことしたの？」

「事実に基づいて言うなら、魔女は美魔だけに酷いことをしたのではない。呪いは、美魔の一族が強く望んだことだった」

「えっ？」

美魔が呪いを望んだとは、どういうことだろう。フォンティーンは陶器製のコップをテーブルに置くと、驚いているジュストを抱き直す。その口調は変わらず硬いけれど、フォンティーンは丁寧に話してくれた。

「魔物狩りが勃発したのは三十年以上前のことだ。突如開始されたそれに魔物たちはなす術もなく狩られ、竜の兄弟も多くが魔物の盾となり、死んでいった。だが知能も気位も高い美魔の一族は、ただ狩られていくことが許せなかったのだろう。魔物狩りに対抗するための呪いをかけてくれと、魔女に懇願した」

「呪いをかけてくれ、って……？　ふたつの、呪い？」

「そうだ。〝身に危険が及ぶと焔花が咲く〟呪いは、たとえ狩られたとしても、死に際に焔花を咲かせて人間たちを燃やし、道連れにするためのもの。そしてもうひとつの〝交尾した者に死が訪れる〟呪いは、性愛行為をとりわけ好む美魔の習性を最大限に活かしたもの」

「え……？　ふたつめの呪い、サリバンが言ってたのとちがう感じがする」

「美魔の一族が強く望んだのは〝交尾した者に死が訪れる〟呪いだった。それを魔女が変えたのだ」

　フォンティーンの丁寧な説明が、急に難しく聞こえた。

『それが智者の一族たる美魔の総意なのか？　甚だしく浅慮だ』――ふたつの呪いを望む美魔たちに対し、魔女は怒りをあらわにしたという。だが一族の存亡をかけてでも魔物狩りに抗う覚悟の美魔たちは引き下がらない。

　気位の高い美魔が魔物狩りを行う憎き人間を愛するわけがないと考えた魔女は〝交尾した者に死が訪れる〟呪いを〝愛する者を破滅へ導く〟呪いに変える。そして魔女は『みずから望んだ呪いに脅かされ、悔やむときが来るだろう』という予言とともに、美魔の一族にふたつの呪いをかけた。

　しかし美魔にとって相手を仮初めに愛するのは至極容易なことだった。たとえそれが殺したいほど憎い者であっても。呪いを受けた美魔たちは魔物狩りを行う軍人を次々と誘惑し、性交する一瞬だけ愛した末、精液を摂取し破滅へと追いやった。

「――だが、美魔の一族が魔女の呪いを以て対抗し、どれほど軍人の命を奪ったとしても、兵器を駆使する帝国軍に敵うはずがない。美魔は恐るべき数の焔花を咲かせながら狩られていった。焔花を消せるのは竜と魔女だけだが、当時の凄惨な魔物狩りの直中においては魔物らの守護が最優先であり、兄弟も私も疲弊しきって炎を制するに至らなかった。美魔の一族が命と引き換えに放った大火は三日三晩燃えつづけ、帝国を焼いた。……やがて」

こわい、と言ってしまいそうになり、ジュストは手で口を押さえた。

フォンティーンがなにを言っているかほとんどわからないけれど、怖かった。でも今「こわい」と言ったらつづきが聞けなくなってしまう。震えが伝わったのだろうか、フォンティーンは大きな手でジュストの手を包み込んだ。

「やがて美魔の仔らは魔女の呪いを疎み、解放を望むようになるが、ドラゴンギルドが設立されたころ、我ら竜の守護の甲斐なく美魔の一族は絶滅した。しかし一匹だけ魔物狩りを逃れていたようだ。美魔の一族が受けた呪いは母から仔へ伝い、出産した美魔は呪いを失う。生き延びた美魔は魔女の呪いから解放されるために人間の子を孕み——呪いの継承者となった嬰児を施設へ預けたのだろう」

フォンティーンの静かな語りの、わかる言葉だけをつなげると、胸がきりっと痛んだ。

養護施設で暮らしてきたジュストは、いつか母親が迎えにきてくれるという希望を捨てられずにいた。でも、そんなこと起こり得ない。なぜいつまでも縋っていたのだろう。臍の緒が付いた状態で置き去りにされたのに。ずっと寂しい思いをさせられてきたというのに。

「ジュストはなにを思う？　末裔が苦しむことを顧みず己らの感情のみを優先した美魔の一族

を恨むか？　産んだ仔を施設へ預けた母親を憎むのか」

「……わから、ない。……ぜんぜんわかんない」

新緑の輝く中庭はあまりにも眩しくて、ジュストには霞んで見えた。

怖いのか悲しいのか悔しいのか、よくわからない。いろんな思いがぐちゃぐちゃになって涙が滲んでくる。ぱち、ぱち、と力いっぱいまばたきをした。

小さな心は簡単に傷ついた。美魔の一族は頭がいいらしいが、最後に残された者がどうなるかくらい想像できなかったのだろうか。なにも悪いことをしていない人々を燃やして命を奪う行為がどれほど罪深くて恐ろしいか、七歳のジュストにだってわかる。

なにより心がじくじくと痛むのは、母親が、否、最後の一匹となった美魔が、ジュストに魔女の呪いをなすりつけたという事実――。

「う、ぅ……」

彼女は自分の代わりに呪いを受けた息子を育てようと思わなかったのだろうか。一瞬でも思ってくれたなら、ジュストは呪いを背負ったことも平気でいられたのに。

そのとき、憤りで熱くなった頭にフォンティーンのひんやりとした息がこぼれ落ちてきた。

「誰も恨む必要はない。美魔の一族も、呪いをかけた魔女も、母堂のことも」

「どうしてっ？　なんでフォンはそんなむつかしいことばっかり言うのっ……」

当たってはいけないとわかっているのに止められなかった。でもフォンティーンは少しも怒らずに抱きしめてくれる。まっすぐの銀髪が、ジュストの目の前でさらさらと揺れる。

そうして強く美しいオンディーヌは、つい今しがたこぼした冷たい吐息とは正反対の、熱の籠もった声で言った。

「怨恨など入る隙間もないほどに、私がジュストを満たす。まずは記憶」

薄い紺色を帯びる爪の先が額を撫でる。

「そして心」

大きな手がとくとくと高鳴る胸に触れてくる。

「いずれ肉体も」

ジュストを抱く逞しい水竜の腕に一層の力が込められた。

「喜び、楽しみ、驚き、美しいもの、幻想の風景、美味なるもの、安寧と平穏、愛欲と快楽、そして情愛――これらを以て私がジュストを満たす。だから誰も恨まなくていい、私が齎すものだけを感じていればいい。私の言うことがわかるか、ジュスト」

知的な薄い唇が紡ぐ言葉は難しくて、七歳の少年にはわからない部分が多くある。

でもフォンティーンがジュストだけを想って言ってくれているということは、本当によくわかった。上手く返事ができずに涙を纏う瞳で見上げると、フォンティーンは少し笑って眦を優しく撫でてくれた。

「きらきらと輝く美しい瞳だ。ジュストの瞳ほど綺麗なものは世界にふたつとない。生涯を賭して私が守り抜く。私だけの美魔」

からかわれてばかりだった瞳を褒められるのも、こんなふうにまっすぐ愛情を注がれるのも生まれて初めてだから、ひどく恥ずかしくて戸惑ってしまう。

魔女の呪いとジュストが産み落とされた理由はつらくてたまらないけれど、会ったことのない美魔や魔女よりも、今、目の前にいて、ジュストを大切にしてくれるフォンティーンを信じるほうがずっといい。

誰も恨まなくていいという力強い言葉が、小さな心についた傷と痛みを薄くしてくれる。

「……うん。……ありがとう、フォン」

天藍石で染めたみたいに鮮やかで七色の光を含んでいて、涙が滲むほど美しいオンディーヌの瞳。それに包まれて得た安堵は、本物だった。

フォンティーンの大切な言葉がなかったら、きっと、ジュストは美魔の一族や自分を産み捨てた美魔を恨んで、焔花を幾つも咲かせていたに違いない。

「魔女の、呪いは……？　焔花は、もう出ない？」

「呪いは私の魔力で完全に抑えている。私が常にジュストのそばにいて守り、焔花が生まれるような思いは二度とさせない。たとえ焔花が発生しても一瞬で消してやる。魔女の呪いなど忘れろ」

それならフォンのこと、ちょっとだけ好きになってもいいのかな――ジュストは胸をどきどきさせながら考えた。これまで独りぼっちで家族や友人はいなかったから、〝愛する者を破滅へ導く〟呪いも関係なかったけれど、今はとても気にかかる。

でもフォンが呪いを抑えてくれているのなら、好きになってもきっと大丈夫――。

「うんっ。ありがとう」

笑顔になってフォンティーンを見つめると、水竜は逸る気持ちが抑えられないとばかりに、ぐっと顔を近づけてくる。

「ではさっそくジュストを満たす。欲しいものを言え」

「えっ、ほしいもの？　いきなり言われても……うーん。ないよ……」

これまでも服や靴をたくさん用意してもらったし、スケッチブックと色鉛筆が好きだから、と伝えようとしたが、「なしは許さない。早く言え」とさらに詰め寄られてしまう。

端整な顔で圧をかけられながら考えて、「いっこ、思いついた」と言ったけれど、果たして竜はその存在を知っているだろうか。

「なんだ。言ってみろ。明日買ってくる」

「言うの、はずかしい……」

「ん？　恥ずかしいとは？　では私だけに聞こえるように言え」

中庭には二人しかいないのに、フォンティーンはジュストの唇にくっつきそうなほど耳を近づけてくる。本当にキスしてしまいそうになり、焦ったジュストは尖った耳に両手をあて、恥ずかしいのを我慢して言った。

「ぬ、ぬ……ぬいぐる、み……って、知ってる？」

顔を赤くしながらひそひそ声を出すと、堅物のオンディーヌは笑いもせず、銀色の長いまつげを伏せて「ふむ」と思案した。

「幾つあれば足りる？　百ほどあれば充分か」

「え！　百って、百こってこと⁉　いっこでいいよ、そんなに買ってきちゃだめだよ！」

「なぜだ。私はジュストに百の縫いぐるみを与えたい」

「しーっ、大きな声で言わないでよっ……」

せっかく耳打ちしたのに、これはちょっぴり酷くないだろうか。

それに、どうして百という数字になるのだろう。フォンティーンはなにかと程度が甚だしいし規模も大きい。ジュストは彼がマフィンサンドを十個も用意していたことを思い出す。

世界で最も強くて身体も一番大きいから、ジュストたちのような普通の生き物とは感覚が違うのかもしれない。百個買ってきてはいけない理由がわからずに、またまつげを伏せて思案している水竜に言った。

「ひとつを大切にするのが好きだからだよ。百こもあったら百ばんめのぬいぐるみがずっと抱っこできないでしょう？　それにほかの九十九このぬいぐるみもさみしがっちゃうと思うんだ」

「ひとつを大切に？　それは私がジュストだけを大切にすることと同じか」

「う……。うん……たぶん。だからひとつだけ買ってきてね。やくそく」

「わかった。ひとつだけ買うとしよう」

竜はとても気まぐれで感覚もずれているけれど、きちんと説明したり根気よく伝えたりすると聞き入れてくれるときがあることを知る。妙に納得したらしいフォンティーンは「約束であれば、指切りを」と言って、ジュストの目の前で小指を立てた。

「ゆびきり？　って、なあに？」

「極東の国では互いの小指をからみ合わせて誓いを立てる。大切な者同士のみの儀式だ。縫いぐるみをひとつだけ買うことは私とジュストにとって非常に重要な誓いであるため、指切りをしておく」

「うんっ」

〃大切な者同士のみの儀式〃が嬉しくて、ジュストは張り切ってフォンティーンの長い小指に自分の小指をからませる。でも堅物のオンディーヌが物凄く真面目な顔で「嘘ついたら針千本飲ます……」とつぶやいたから、思わず「え！　こわい！」と叫んでしまった。

　翌日、指切りの誓いは果たされて、フォンティーンはリボンのついた煌びやかな袋を手渡してくれた。

　クリスマスのときでもこんな大きなプレゼントはもらったことがない。ジュストは生まれて初めて経験するうきうきした気持ちでリボンをほどく。

「あれ……」

　しかし、袋から顔を出したのは水色の鱗で覆われた竜で、口からはみ出ている牙を見たジュストは心の中でがっかりしてしまった。ふわふわのクマかモコモコの羊がよかったけれど、そこまでフォンティーンに伝えていなかったと気づく。

　約束を守って満足そうにしている彼に落ち込んでいることを気づかれないよう、精一杯の笑顔を作り「あり、がとう」と礼を言った。

「脚を見てみろ。蹼がある。職人に付けさせた」

「わぁっ、ほんとだ！　フォンのみずかきだ。きれい」

フェルトで作られた蹼には七色に煌めく砂粒がちゃんと付いている。クマか羊を望んでいたことも忘れて、ジュストはフォンティーンそっくりの縫いぐるみをたちまち大好きになった。

「ありがとう！　ずっとずっと大切にするね」

大人が使う部屋に一人でいると怖くて眠れない夜もあったが、フォンティーンの縫いぐるみを持って毛布に入り、ぎゅっと抱いてまぶたを閉じるとすやすや眠れるようになった。

そうしてジュストはほんの少しずつ、ドラゴンギルドでの暮らしに慣れていく。

時折リーゼの姿も見かけるようになったが、大股ですたすた歩いている彼はいつも忙しそうで、近寄りにくい。

助けてもらった礼をまだ伝えられていないことが気になってしかたないのに、いざその姿を見ると思わず隠れてしまう。次の瞬間「あっ、またかくれちゃった」と急いで物陰から出ても、すでにいなくなっていた。

「はぁー……」

「あら、大きな溜め息だね。どうしちゃったの？」

今日、ジュストはクロードに「バトラーの手が空いてなくてね。中庭でサリバンのお茶の相手をしてくれるかい？」と頼まれた。頼みごとをされるのは初めてで、しかも世話になっているクロードからだったことが嬉しくなり、ジュストは張り切って「うんっ」とうなずいた。

相手をすると言っても、サリバンよりジュストのほうが菓子をたくさん食べているけれど。
サリバンはリーゼと仲がよさそうだから、彼に相談するのがいいかもしれない。

「あのね、サリバン。ひ、ひっとうバトラーっていう人……」

「筆頭？　リーゼくんのこと？　そんな言いかたしないでパパって呼べばいいじゃない」

「そんなの、むり！　……僕、まだあの人に助けてくれてありがとうって言えてないんだ。フォンに、どうしたらいいの、ってきいたけど『ほうっておけ』しか言わないし……」

「なぁんだ、そんなことで悩んでたの。だったら今からリーゼくんのところへ行こうよ。ぼく連れてってあげる」

「えっ……今から？　おしごとのじゃましたくない。いつも忙しそうにしてるでしょう」

「仕事の邪魔になんかぜんぜんならないよ。リーゼくん、すごく喜ぶと思うけど」

「でも、でもっ、今まだフォンを待ってるから、フォンが来てからにしてもいい？」

「えぇー。きみ、フォンティーンに懐きすぎじゃない？　あんなに泣いてたのにさ……。あの仔、ジュストがリーゼくんのところへ行くの、いやがるんじゃないかなぁ。だから今のうちに早く行こうよ」

　そのようなことを話していると軍服姿のフォンティーンが中庭へやってきて、サリバンが事情を説明した途端、眉間に皺を寄せた。

「ジュスト。放っておけと言っただろう？　礼を言いに行く必要などない」

「でも、ずっと気になってるんだ……。フォン、おねがいだよ、いっしょに来て……」

そう頼むと、フォンティーンは眉間の皺を消してジュストを抱き上げた。

脱衣室という大きな部屋の前でおろされる。室内はとても豪奢で、裸のガーディアンやシャツを着たキュレネーが立派な猫脚椅子に座り、バトラーたちが忙しそうに働いていた。

サリバンが嬉しそうに「リーゼくーん」と名を呼びながら近づいていく。

「あ？　なんだよ、なにしに来た」

やはり間近で見るリーゼは怖くて、思わずフォンティーンの軍服をぎゅっと握ってしまう。でもわざわざ仕事の手を止めてジュストのところへ来てくれたから、軍服を握ったままだけれど、勇気を出して大きな声で言った。

「フォンといっしょに助けにきてくれて、ありがとうっ。あと……おやこに、なったから、ドラゴンギルドにいてもよくて、ありがとう。おれいを言うのがおそくなってごめんなさい」

大きな声は出せたが物凄くしどろもどろに言ってしまった。特に父子については自分でもなにを言っているのかよくわからない。でもリーゼはちゃんと返事をしてくれた。

「おう。びーびー泣かなくなっただけでもたいしたもんじゃねえか。あとは飯をよく食うことだな。がりがりだからなー、おまえ」

言葉を交わすのは泣いて執務室を出た日以来で、あのときよりはほんのちょっとだけ怖くなくなっていた。多忙な筆頭バトラーは、ふっと笑って仕事へ戻り、サリバンが「ぼくたちも中庭へ戻ろう」とドアノブに手を伸ばす。

「あ、あのっ……待って！」

ジュストが呼び止めたことに、リーゼもサリバンもフォンティーンも、そしてジュスト自身も驚いた。

　こんな機会はきっともうない。ジュストがリーゼを見るたび隠れていたのは、助けてもらった礼のほかにも伝えたいことがあって、でもそれを言ったら彼が怒るのではないかと迷っていたからだった。

　今日、クロードに『中庭でサリバンのお茶の相手をしてくれるかい？』と頼まれたことが背を押してくれる。フォンティーンの軍服を握りすぎて皺くちゃになってしまっているけれど、ふたたび勇気を出して筆頭バトラーへ伝えた。

「おしごと、手伝いたいです！　ぼ、僕に、できることはないですか？」

　緊張しすぎて普段使わない敬語を使ってしまい、ジュストはまた三人の大人と一緒にびっくりしてしまう。意外なことに、最初に反応したのはフォンティーンだった。

「ジュストっ、なにを言う？」

「やあ、それすごくいいじゃない。バトラーはいつも人手不足だし、おりこうさんのジュストには手伝えることがいっぱいあると思うなぁ」

「バトラーの手伝いなどさせるはずがないだろう」

「なんで？　今日もぼくのアフタヌーン・ティーの相手ちゃんとできてたよ。ねえ、リーゼくん、やらせてあげなよ」

「サリバンっ、おまえはまた余計なことをぺらぺらとっ……」

なぜかフォンティーンは苛立っていたけれど、彼が仕事に出ているあいだは退屈で、その時間にジュストでも手伝えることがあるなら、なんでもいいから頑張りたかった。

腕を組んで考えごとをしていたリーゼが片眼鏡をカチャリと鳴らし、ニッと笑いかけてくる。

「なかなか度胸があるじゃねえか。そういうの嫌いじゃないぜ。おまえができそうな仕事をバトラーたちに考えさせる。明日からでいい、クロードに聞け」

「……は、はいっ」

フォンティーンは「理解しがたい……」と深い溜め息をつき、サリバンは「やったねえ、ジュスト」と喜んでくれた。自分から言いだしたとはいえ、とても不思議な感覚がある。猛火の真ん中で恐怖に震えていたときは、ドラゴンギルドでバトラーの手伝いをするとは夢にも思わなかった。

竜のアフタヌーン・ティーの相手をメインに、新聞を集めたり、郵便局員から受け取った手紙を事務室へ持って行ったりと、些細なことでも懸命に手伝った。クロードたちは「手が空いて助かるよ」と労ってくれる。彼らの中に、リーゼのことを『ボス』と呼んでいる者がいて、『パパ』や『お父さん』よりずっと呼びやすいそれを真似することにした。

手伝いを始めたことをきっかけに、警戒し合っていた竜の兄弟たちとも仲良くなっていく。

ドラゴンギルドに来てすぐのころ、フォンティーンがジュストを放さないのは、彼が独りぼっちで寂しいからだと思った。しかしそれは違っていて、世界最強の魔物が持つ孤独は、フォンティーンだけではなく、ほかの兄弟たちからも感じるものだった。

一緒に過ごすことによって気づく。竜は、寂しがり屋が多い。だからジュストは、シーモアに「これ読んでほしいな」と頼まれたら絵本を大きな声で読んだり、オーキッドが任務でミスをして泣きべそをかいていたら元気になるまでずっと手をつないだりした。

そのあいだもフォンティーンからの贈り物はつづき、ある日、小さな横長の箱を手渡された。なにが入っているのだろうとどきどきしながら蓋を開けると、磨き上げられた青のフレームとふたつのレンズがぴかぴかと輝いていた。

「わぁ、これって、もしかして、めがね？　ありがとう、フォン！　すごくうれしい！」

ジュストは前に『目の色がちがうの、いやだ。かくしたい』と言ったことがある。そのときフォンティーンは『なぜだ？　ジュストの瞳ほどきらきらして美しいものはこの世界にないというのに？』と心から不思議そうにして、紫と桃色の瞳を見つめつづけるだけになった。

『だって、めだつもの。魔物だってすぐばれるから、魔物狩りされてしまうよ』

『私の腕の中にいるから狩られることはまずないのだが』

それでも『かくしたいよ……』とフォンティーンの胸に顔を伏せて嘆くジュストの髪を撫でながら、フォンティーンが『ふむ』と思案していたのは、眼鏡のことだったのかもしれない。

「すごく、きれい」

青のフレームは繊細で、角度を変えるたび紺碧の砂粒がわずかに煌めく。

眼鏡をかけたらジュストが見る世界もほんの少し紺碧色に染まるのだろうか。そう思うと胸が躍って早く眼鏡をかけたくなった。

「このような器具で美しい瞳を隠すなど不本意極まりない。だがジュストは昼中、目が見えにくいだろう？　これは瞳を隠すのではなく視力を補強するために作ったものだ」

「目が見えにくいって、どういうこと？」

「明るい場所は霞んで見えないか？　ジュストは夜行性だからな」

「うん、明るいところはぼんやりしてて、くらいところはちゃんと見えるけど……みんな同じじゃないの？　やこうせいって、なあに？」

「体験したあとのほうが説明もわかりやすいだろう。とにかく早く眼鏡をかけてみろ。明るい場所でもすべてが見えるようになるはずだ」

「うんっ」

そのとき雄叫びにも似た怒号がして、ジュストは眼鏡を取り落としそうになるほど驚いた。

「待てコラァ！　ジュストっ、その眼鏡かけるんじゃねえっ‼」

振り返ると血相を変えたリーゼが間近にいたのでまたビクッとする。

華奢なのにどうして腹に響く低い声が出せるのか不思議でならない。それに多忙な彼はいったいいつから話を聞いていたのだろう。慄いているあいだに眼鏡をぱっと取り上げられ、ジュストは「あぁっ……」と悲愴な声をあげた。

「ふざけんなよフォンティーン！」

「ふざけるとは？」

「てめぇ、この眼鏡に鱗を仕込んだだろ⁉　くだらねえことしやがって」

――こ、こわい。

リーゼは眉目秀麗な分、口の悪さが際立つ。二人の大人のあいだに立ってしまったジュストは、よくわからないことでフォンティーンを責め立てる筆頭バトラーの悪魔のような形相と、物凄く怒られているのにしれっとしている水竜の涼しい顔を交互に見つめた。

「鱗を埋めることのなにが不都合なのか、理解しがたい」

「鱗についても話しただろうがよ、聞いてなかったのか⁉　所有行為はいっさい許さん」

「私は、子供に手を出してはならないというおまえの業務命令に従ってやっている。だが鱗まで制限される謂れはない」

「ばかやろう、鱗が一番だめなんだよっ！　このままじゃ埒が明かねえ。――おい、サリバン、中庭に来い」

「はーい、なあに？」

「！」

竜たちとの暮らしに慣れてきたつもりでも、やはりまだびっくりすることがある。今までいなかったサリバンがうしろに立っていた。

突然あらわれたサリバンに驚きもせず、彼を見もしないリーゼはフォンティーンを睨みつけながら言った。

「こいつ連れて食堂にでも行っててくれ。俺はフォンティーンと話がある」

「いいよー。ジュスト、行こ」

「えっ……で、でもフォンは？　僕のめがねは？」

「それはあとにして、食堂で美味しいタルト食べようね」

サリバンの大きな手に引かれたジュストが振り返ると、フォンティーンとリーゼはどちらも腕を組んで言い合いをつづけていた。大丈夫だろうかと心配するジュストをよそに、中庭から建物に入った途端サリバンが両手を広げてくる。

「ジュスト、早く、抱っこさせて！」

「え？　なんで？　僕、歩けるよ。歩きたい」

「やだ、だめっ。だってこんなチャンスないんだもん！　いっつもいっつもフォンティーンが抱っこしたり股のあいだに立たせたりしてさ、あの仔ばっかりずるいよ」

「だって……そうしないと、フォンはすぐきげんを悪くして、ゆううつな顔するから……」

「ぼくも機嫌悪くしちゃうよ、いいの？　だめでしょ？　はい、抱っこ」

「………」

それは、普通は子供が大人にせがむものではないだろうか。

でもドラゴンギルドでは違っていて、フォンティーンがいないときに「抱っこさせて」と言ってくる竜はサリバンのほかにもいる。

どうやら竜たちは小さな生き物を盲愛する傾向があるようだ。ということはジュストが成長して筋肉むきむきの大男になれば、この抱っこ合戦もなくなる。早く大きくなろうと思いながらしぶしぶ両手を伸ばすと、サリバンは「やったぁ」と言い、満面の笑みで抱き上げる。

「うわぁ、小っちゃい、かるーい。甘い匂いするし、わたあめ抱っこしてるみたい。かわいいなぁ。食堂まで遠まわりで行こうっと」

「えぇ……、なんで？　すぐそこなのに」

サリバンは本当にギルドじゅうをぐるぐる歩きまわって食堂へ入った。ティーセットをテーブルへ運び、チェリーのタルトをぽそぽそと食べながら訊ねる。

「ボスはどうしてあんなに怒ったの？　僕、明るいところはぼんやりしてて、でもめがねをかけたらちゃんと見えるようになるってフォンが言ってたんだよ。だからフォンがめがね作ってくれてうれしかったし、僕のめがね捨てられたらすごく悲しい……」

「そうか、忘れてた、美魔って夜行性だった。そりゃ昼間は見えにくいよ、最初に気づいてあげられなくてごめんね」

「やこうせい？　って、なあに？　さっきフォンも言ってた気がする」

「夜のあいだに活動する魔物のことだよ。ジュストは夜行性の魔物だから、暗いほうが見えやすくて、明るいと見えづらくなるんだ。フォンはちゃんと気づいて対策を考えてあげたんだね。確かに眼鏡はいいかもしれない。リーゼくんに言っとくよ。……あっ、こらジュスト、目をこすっちゃだめだよ」

ジュストを巡ってフォンティーンとリーゼが時折おとなげない言い合いをするようになったのは、おそらくこの眼鏡がきっかけだった。

いつも飄々（ひょうひょう）としていて、おかしなことも言うサリバンだけれど、弟竜たちの面倒（めんどう）をよく見るせいかジュストの扱（あつか）いも上手（うま）い。四六時中ジュストを放さないフォンティーンより、養父であるリーゼより、じつはサリバンが一番父親らしいのではないだろうかと秘（ひそ）かに思うときがあった。

フォンティーンとリーゼのあいだでどのような話し合いが行われたのかは、相変わらずわからない。でも数日後、クロードが「リーゼからだよ。これはかけても大丈夫だそうだ」と言って、眼鏡を手渡してくれた。

「あれ。色がちがう。やっぱりフォンのめがね捨てられちゃったの……？」

「詳（くわ）しいことは私も知らないんだが、これもフォンティーンが作った眼鏡だそうだよ。ジュストが最初に見たものと似てないかい？」

「ほんとだ、色がちがうだけだ。きれいなのは同じ」

確かにフレームの色は青から銀色に変わっているけれど、その繊細さと美しさは変わらない。

「わぁ……！　フォンの言ったとおりだ！　すごくよく見える」

「よかったね。リーゼは脱衣室（だつい）にいるはずだよ。今なら会えるんじゃないかな。行こうか」

「うんっ。ありがとうクロードさん」

眼鏡をかけた途端、走りだしたくなるくらいに視界が良好になった。心も身体（からだ）も少し軽くなったようにさえ思えてくる。

脱衣室へつづく廊下（ろうか）をスキップで進むほど浮（う）かれていたジュストだったが、深刻な表情で指示を出しているリーゼの姿を見た途端、緊張で身体が強張った。クロードに「話しかけても大丈夫だよ」と背中を押してもらい、勇気を出して声をかける。

「ボ、ボス。あの」

「ははっ、眼鏡、思いのほか似合ってるじゃねえか。英才少年って感じだな」

ジュストの存在に気づいたリーゼは硬かった表情を消すと、しゃがんで目の高さを合わせてくる。彼がそのような動きをするとは思っていなくて、どきっとしてしまった。

「あの……フォンのめがね、捨てないでいてくれてありがとう。すごくよく見えて、うれしい」

「そりゃあよかった。悪かったな、俺もサリバンから聞くまで美魔が夜行性だってことすっかり忘れてたんだ。俺が別の眼鏡を用意すると言ったんだが、フォンティーンのやろう頑として譲らなくてな。フレームを替えさせることで話をつけた。安心して使え」

「う、うん……でも、これでもう明るいところもはっきり見えるよ。……あの、それで、たまにレンズとかフレームの調整するって、フォンが言ってたの。それもだめ？」

「なにぃ。……まぁ、おまえの目のことを考えれば調整は必要か。だが、あいつが調整した眼鏡は、かける前に必ず俺に見せろ」

「どうして？」

「どうしてもだ。こういうときは素直に親の言うこと聞いとくもんだぜ？」

同じギルド内で暮らしたり仕事を手伝ったりしていても、多忙な筆頭バトラーと会うことはほとんどなく、ジュストはフォンティーンや竜の兄弟と過ごす時間のほうがずっと長い。

世界最強の魔物たちの前ですら自然体でいられるようになったのに、リーゼとのあいだにはまだぎこちなさが残っていた。それでもこうしてたまに会うとき、二十歳ほどの若者にしか見えない彼はジュストの父親になりたがる。なんだか心がくすぐったくて落ち着かない。

執務室で大泣きしたあの日とは少し違ってきていた。リーゼも、そしてジュストも——。

明るい世界がしっかり見えることと、色の異なる瞳を隠せているという思いから、眼鏡をかけると安心できるし自信を持てた。そうしてジュストは八歳まで毎日休まずバトラーの手伝いをし、九歳からは小学校へ通うことになった。

「学校だと？　そのような不特定多数の人間がいる場所になど行かせるはずがないだろう」

「あいつは美魔だぞ？　いい頭脳持ってんだ、腐らせてどうすんだよ」

フォンティーンとリーゼはまた言い合いをしていたようだが、フォンティーンが毎日ジュストを迎えに行くことで話がついたらしい。

彼が遠方の任務にあたる日や議会に出席する日は、代わりに竜の兄弟の誰かが来る。ジュストは見たことがないけれど「俺が迎えに行く」「だめ、今日はぼくが行く！」「おまえ行ったばっかりだろっ」と揉めるのだそうだ。

毎日、校門に軍服を着た竜が立っていて、その竜と手をつないでドラゴンギルドへ帰るジュストは、次第に「竜に育てられた子」「竜の子供」と噂されるようになる。

しかし不思議なことに、どんな噂が流れても奇異な目で見られても平気だった。同じクラスの少年たちから受ける揶揄は、養護施設で暮らしていたときのものと変わらないのに。

勉強は楽しいし、迎えにきてくれた竜と手をつないで帰り、ギルドの仕事を手伝うことはもっと楽しい。知らない男に襲われることは絶対になく、竜たちの魔力のおかげでドラゴンギルドへ来てから焔花は一度も発生していなかった。

怖い夢を見てどうしても我慢できなくなったときだけ、水竜の縫いぐるみを持ってフォンティーンの寝台に潜り込む。冷たくて逞しい腕に抱かれたら、それだけですうっと眠ることができた。

ジュストは自分の身に魔女の呪いが宿っていることも忘れて、毎日を穏やかに過ごしていく。

しかしそれは許さぬと、決して忘れさせぬとばかりに、ジュストの生きかたを大きく変える恐ろしい事故が、十三歳の春に起こった——。


春休みの朝早くに呼び出されたジュストが執務室へ入ると、すでに仕事を始めているリーゼにローテーブルを指され、「その箱、持ってけ」と言われた。

「これって……制服？」

「そうだ。おまえも十三だろう。今日から正規のバトラーとして働け。駄賃をやめて給料に変更する」

「ほ、本当っ？　僕、まだ先だって思ってて……」

「やめとくか？　自信がないなら来年でも再来年でもかまわんが」

「そんなことないよっ。自信ある、頑張る。ずっと制服に憧れてたんだ」

「まあ、その憧れる思いを持ちつづけてくれると助かるな。これまでのように竜たちの茶の相手だけでは済まん。死と隣り合わせの作業もさせる。言っておくが現場のクロードはすげぇ厳しいぜ？　覚悟しとけ」

「はいっ」

早く制服に着替えたい。執務室の扉に手をかけたとき、ジュストは振り返って笑う。

「ボス。ありがとう。すごく嬉しい。僕、お仕事頑張るね」

リーゼはすでに書類の処理を始めていたけれど、唇の片方を上げて笑い返してくれた。

自室へ戻って寝台の上に広げた制服は、リーゼやクロードたちが着ているものよりひとまわり以上も小さい。まだ成長途中のジュストのための特注品ということがよくわかる。

コットンのズボンを脱いでスラックスを穿き、シャツの上にウェスト・コートを着てリボンタイを結ぶ。テール・コートを纏って白い手袋を嵌め、鏡の前に立てば、そこに小さくても立派なバトラーがいる。

「ふふっ……」

抑えきれないほどに心が浮き立つ。リーゼがジュストをバトラーとして使ってくれることも、特別に制服を用意してくれたことも嬉しくてたまらなかった。

「さっき……、お父さんありがとう、って言えばよかったかな」

ジュストがドラゴンギルドへ来た七歳のとき、恐ろしかっただけのリーゼは、六年が経って憧れの存在になっていた。その思いが強くてまだ一度も『お父さん』と呼べていない。でも、『ボス』から『お父さん』へ変える機会はこれから何度でもある。ジュストはテール・コート姿で脱衣室へ駆けていった。

午後を過ぎると竜の帰還が始まる。

第一ゲートでは着陸したフォンティーンが洗浄とオーバーホールを受けていた。ジュストはこれからリーゼと組み、第二ゲートでガーディアンの帰還を待つ。

竜たちの洗浄とオーバーホールはこれまで数えきれないほど見てきたが、実際にするのは今日が初めてだった。着慣れない防護服の中で身体は緊張しているけれど、同じ防護服姿の筆頭バトラーが直々に教えてくれるのでなにも怖くない。

「防護服を着てるし、ばかみたいに忙しいから、発着ゲートでの作業は手帳にメモできないぜ。みんなの動きをよく見て覚えていけ。ゲートでのバトラーの最重要任務は死なないことだ。竜の巨体、猛毒、瘴気、危険は幾らでもある。あと、トラブルは必ず起こるもんだ。混乱してもかまわんが絶対にびびるな。恐怖に負けたらゲートに立てなくなるぞ」

「はいっ」

「まずは誘導灯だな。だいたいわかってると思うが、自分たちが洗浄とオーバーホールを行う竜の姿が目視できたら点灯させる。一度つけてみろ。けっこう固いぞ、思いきりやれ」

「うん」

リーゼの言う通り、誘導灯のレバーは想像以上に重かった。これくらいの作業はすぐできるようにならなければ筆頭バトラーにあきれられてしまう。焦ったジュストが踏ん張ってレバーを倒そうとしたとき、足元でミシッという鈍い音がして、同時にリーゼが叫んだ。

「ジュストっ！　レバーから手を放せ！　安全確保！」

「え――」

力の入れ加減が下手だっただろうか。バキッと音を立て、誘導灯がバルコニーからゲートへ落下していく。頑丈なバルコニーの、リーゼとジュストが立っている部分だけが崩れ、足が宙に浮いた。

「くそっ！」

不気味な浮遊感のあとに待っているのは落下と激痛のはずなのに、なにも起こらない。

腰にリーゼの腕がまわってきた途端、ジュストはバルコニーの奥へ投げられ、そのままリーゼの姿が見えなくなった。

「うそ……ボス、ど……こ？」

「リーゼ！」

隣のゲートでフォンティーンたちが叫ぶ。脚に力が入らなくて立つことができない。バルコニーを這って端まで行き、ゲートを見おろしたそこに、己の血だまりに倒れる養父の姿があった。

「うわぁあっ！　ボス!!」

ジュストが悲鳴をあげると同時にけたたましいサイレンが鳴り響く。

「だっ、誰か、フォン！　助けてっ、助けて！　ボスが……っ！」

「大丈夫だ、ジュストは安全を確保しろ。それが非常時におけるバトラーの取るべき行動だ」

隣のゲートにいたフォンティーンはいっさい動じることなく、治癒能力のある聖水を大量にリーゼに浴びせかける。軍服姿のサリバンがすぐさま飛んできて、ずぶ濡れになるのも厭わずに水の中へ入っていった。

「リーゼくん、意識ある？　お話しできるかな？　涙ちょうだいって、言ってごらん」

サリバンは動かないリーゼに跨がってなんらかの処置をしているようだが、ジュストにはわからない。腰が抜けたようになり、涙目でその様子を見つづけるジュストの耳に、聞いたこともない甲高い嗤い声が届いた。

「……!?」

総毛立ち、吐き気まで催すその不気味な嗤い声が、自分の身体の中に響いていることに気づく。決して忘れさせぬとばかりに嗤うのは、きっと――。

「安全を確保しろと言われただろうっ。立て！　動け！」

そのときクロードがバルコニーにあらわれて、ジュストを引き摺るようにしてバルコニーの奥へ引っ張っていく。リーゼの姿が見えなくなるのが不安で首を横に振った。

「でも、でもボスが……僕のせいだっ」

「おまえのせいでも、おまえは安全確保するんだよ!!」

いつもは優しくて穏やかなクロードの、腹に響く怒号を受けてようやく自力で立ち上がった。クロードに支えられながらバルコニーを歩いて階段をおりる。

サリバンたちがいるゲートへ行くと、つい今しがたまで血だまりに倒れていたリーゼが起き上がっていた。その姿を見ても安堵はなく、不安と恐怖ばかりが募る。また動けなくなったジュストにサリバンが気づき、優しい笑顔を向けてきた。

「ジュスト、こっちおいで。リーゼくんもう平気だよ。ぼくの涙いっぱい飲んだから」

「驚かせて悪かったな。まあ、おまえが落ちなくてよかった。ゲートを変更する。俺は第二ゲートの調査と点検をするから、ジュストがガーディアンを第三ゲートに誘導してやってくれ。ガーディアンが着陸したら俺も第三ゲートへ行く。さっきみたいに誘導灯をつければ――」

「できない……。ボス……僕、怖い。できない……」

リーゼの指示はとても簡単で、バトラーになったジュストは指示通り動くべきだ。でも恐ろしくてできなかった。このままゲートにいたら、必ずまたどこかが崩れ落ちて誰かを傷つける。それが耐えられないほど怖かった。

分厚い防護服を着ているのに、全身がぶるぶると震えていることを皆に気づかれる。

リーゼは怒りもあきれもせず、淡々とした声で言った。

「――わかった。ロッカールームへ行け。誰か適当に捕まえて、使用済みの防護服の処理方法を教えてもらえ。今日はもう上がっていい」

クロードに教わった防護服の後処理の手順が、なにひとつ頭に入ってこなかった。

早く誰もいないところへ行きたいのに眩暈がしてまともに歩けない。階段の手摺や廊下の壁を支えにしながらどうにか自室へ戻り、内鍵をかけた。

汗がウェスト・コートやスラックスにまで滲んでいる。制服を脱いで下着とシャツだけになると、眼鏡を外して寝台の隅に横たわり、頭までかぶった毛布の中で膝を抱え込んだ。

「う……、ぅっ……」

震えは一向に治まらず、声にならない戦慄が喉に蟠る。

事故が起こり、リーゼだけが出血多量の重傷を負ったのはジュストのせいだ。

誰も気づいていないがジュストにはわかる。決して忘れさせぬと、身体の中に甲高い嗤い声を響かせたのは、魔女の呪い――〝愛する者を破滅へ導く〟呪いだった。

これまでフォンティーンたち竜の兄弟が抑えてくれていたのに。ジュストの感情に反応した呪いが、竜の魔力をすり抜けて発動したように感じられた。

養父を敬愛し、憧れを抱くことすら許されないのだろうか。

魔女の呪いは狡猾で、ジュストは無傷のままリーゼだけを傷つけた。フォンティーンやサリバンがいなかったらリーゼは確実に落命している。それはジュストが彼を傷つけ殺すことと変わらない。

「どうしようっ、怖い……っ、怖い――」

明日からどう過ごせばいいのか、わからなかった。

絶対にリーゼだけでは済まない。ジュストは、フォンティーンもドラゴンギルドでともに暮らす者たちも全員を破滅へ追いやるだろう。その巨大な恐怖に耐えられず、焔花まで発生させてしまうかもしれない。強迫観念に囚われ、はぁはぁと息が乱れて頭が朦朧としてくる。

「たす……け、て」

精神が傷つくことを回避するためだろうか、突如、強烈な眠気に襲われた。起きていたらまた呪いが発動するかもしれない。ジュストは縋るように眠りの淵へ落ちていった。

深い睡眠と一瞬の覚醒をどれくらい繰り返しただろう。途中で部屋の扉がノックされる音を聞いたように思うが、夢か現実か定かではない。何度目かわからない眠りに入ったとき、長いあいだ忘れていたその光景が悪夢となって鮮明に蘇った。

七歳のジュストに乗り上げてくる知らない男、床にアマリリスを思わせる炎が浮かび、それが瞬く間に大火と化して歓楽街と人々を焼き尽くしていく——。

「——っ!」

身体がビクンッと跳ねて、そのまま寝台から落ちるようにして絨毯に座り込んだ。

暗く静かな部屋に、ハアッ、ハアッ、という自分の荒い呼吸だけが響く。汗が流れる身体は焼け石みたいに熱くて、まだ大火に苛まれている錯覚に陥った。

ドラゴンギルドで暮らすようになってからは、悲しい出来事は起こっていなかったのに。我慢できずに涙が滲んだとき、嗅ぎ慣れた力強い水の匂いが漂ってきた。

はっとして見た扉の隙間から、紺碧色の水が入ってくる。それが水に変容したフォンティーンということはすぐにわかった。水の塊が、着物を纏う長軀の竜に形を変えていく。

「なんで勝手に入ってくるの⁉　ノックくらいしてよっ」

「ジュストの涙の匂いがしたからだ。扉を叩く必要はない」

強引なことを言うフォンティーンはジュストを抱き上げて部屋を出る。十三歳になって身長も伸びたのに、片腕で軽々と縦抱きにされ、手足をばたつかせてもまったく通じなかった。

「泣いてなんかないっ。おろして！」

「静かにしろ。みな寝入っている」

夥しい書籍で埋め尽くされた竜の巣に入るのは久しぶりだった。水の匂いがする寝台に寝かされ、巨軀が覆いかぶさってきて、焼け石みたいに熱いままの身体が強張る。

怖い夢を見たジュストがフォンティーンの寝台に潜り込んでいたのは十一歳までだった。

あのころは向かい合って横たわり、ひんやりした腕に包まれて眠ることが多く、覆いかぶさられたことは一度もなかった。剝き出しになっている太腿にいつもと違う触れかたをしてくるフォンティーンが怖くて、ジュストは大きな声を出してしまう。

「手をどけて！　もう僕にかまわないでよ、フォンは呪いに殺されてもいいの⁉」

「呪い？」

「ボスが怪我したのは僕のせいだっ。僕にはわかるんだ、魔女の呪いはどんどん強くなる」

「魔女の呪いは私が抑えていることくらいジュストもわかっているだろう？　今日のような小規模の事故は過去に何度も起きている。みなが忘れる程度のものだ。呪いは関係ない」

フォンティーンに理解してもらえないのが悲しくて、また涙が滲んでくる。濡れた眦を舌先で舐められた。太腿を撫でる大きな手の動きが一層怖くなる。

「やめてよ、手をどけてって言ってるでしょ、う――」

しかし言葉の最後は掻き消されてしまった。眦に触れていたフォンティーンの唇が、ジュストの小さな唇に重なってくる。一瞬なにをされているかわからなかったのに、ただでさえ熱い身体がさらに熱を持った。

「……あっ！　いやだっ、なにするの！」

突然の口づけに混乱していると、太腿を撫でていた手で下着をおろされ、むず痒さを感じている脚のあいだに触れられて、経験したことのない凄まじい羞恥と戦慄に苛まれた。

「自分が放っている美魔の匂いがわからないか？」

むず痒さを覚えた股座からあふれてくるそれは、爛熟した桃に蜂蜜をたっぷりかけたような、喉が灼けそうになるほどの甘ったるい匂いだった。恥ずかしくて涙が出てくるのに、触れられたそこが初めて形を変え、芯を持つ。ほっそりした屹立は、フォンティーンの骨ばった大きな手に容易く翻弄された。上下にこすられたり先端を撫でられたりするたび甘い匂いが濃くなっていく。尿意とは異なる、未知の衝動に駆られてしまう。

「あ、あっ。手……手を、はなして。バスルーム、行く……」

「私の掌に出せ。美魔は快楽に対する耐性がない。耐えても無駄だ、赴くまま放出しろ」

「そんなのできないっ、お願いだから放して……！」

フォンティーンが耳殻に唇を押しあててくる。堅物で物静かな竜の、乱れた息づかいを感じた。くちゅくちゅと音を立てて上下する竜の手の中で、屹立が小刻みに震えだす。

「ジュスト……愛しい。愛している。早く、おまえの中を満たしたい、っ……」

「や、だっ、こわい、放し――、……あっ！　……うぅっ」

初めて淫らな気持ちが生まれたのは、想っているフォンティーンに触れられたからなのか、それとも、多淫を好む美魔の本能が働いただけなのか――わからないまま、ジュストは白い蜜をフォンティーンの掌に漏らした。

汗や体液で濡れた下肢を清められ、のろのろと下着を穿く。フォンティーンに背を向けて身体を丸めると、頭の下に冷たい腕が滑り込んできた。

「ジュスト。私は速やかに眠る必要がある。おまえも眠れ……」

その声がひどく苦しそうで、心配になったジュストは恥ずかしさを堪えて振り向いた。

「フォン……？　どう、したの……？」

「私は今すぐジュストの体内に射精したい。強力な本能に抗うには眠るしかない。――ジュスト、よく聞け。今日の事故に魔女の呪いは関係ない。呪いは私が必ず抑えつづける。だからジュストは明日からも恐れることなく……、ゲートに、立て……」

まぶたをかたく閉じるフォンティーンは珍しく早口で話し、言葉の最後のほうで無理やり意識を手放したようだった。眉間に深い皺を刻んだまま、苦しそうに眠りはじめる。

一人残されたジュストは「……あした、からも」と、フォンティーンの言葉を繰り返した。

明日からも、ずっとドラゴンギルドにいたい。誰も傷つけることなく、焔花を発生させることなく。そのために、ジュストがすべきことはひとつだけだった。

魔女の呪いを解く――限りなく不可能に近いそれを、ジュストは必ず実現してみせる。

それまで呪いにも誰にも絶対に気づかれてはいけない。リーゼを敬愛していることや、竜の兄弟やバトラーたちが大切なこと――そしてフォンティーンへの想いも。

大好きだと想うのも、ここで終わり。そう決めて、フォンティーンの寝顔を見つめながら、小さな声でつぶやく。

「僕はみんな好きじゃない。フォンのことも、大好きだなんて、想って……、――ない」

嘘をつくと心が抉られたように痛くなって、ぽろぽろと涙が落ちた。でも呪いがすうっと引いていくように感じられた。きっとこれは有効だ。ジュストはごしごしと涙を拭う。

――破滅なんてさせるもんか。絶対させない。

大切な皆を自分から守るために、己を騙し魔女の呪いを欺いてみせる。そうしていつか必ず呪いを解き、本当の気持ちを皆に大声で伝えるんだ――。

かたく心を決めたのに、それでも十三歳の決意はときに脆くて、また誰かを傷つけるのではないかという不安に押し潰されそうになるときがあった。

どうして自分だけが誰も愛せないのだろうと悲しみに暮れ、美魔の一族や魔女を憎んでしまいそうになる。誰にもなにも打ち明けられないジュストは、フォンティーンが言ってくれた『誰も恨まなくていい』という言葉を何度も思い出し、恨んだり嘆いたりしている暇があるなら魔女の呪いを解くために動けと己を奮い立たせた。

その一方で、フォンティーンの独占欲が目に見えて強くなり、彼の手によって繰り返し快楽を与えられたジュストは、一年後、十四歳とは思えない色気を身に纏う。

級友たちは陰湿だが、なにも思わなかった。ジュストは人の瞳に宿るものがなんなのか、わかるようになってくる。揶揄し、苛んでくる彼らの瞳には羨望と怯えがあった。稚拙で可愛らしい彼らの相手をしてやる時間はない。魔女の呪いを解くとされる〝四種の青〟を突き止めるために、ジュストはフォンティーンが所持する大量の書籍を片端から読みはじめる。

やがてフォンティーンとジュストは竜の巣で各々書籍を読む合間に、互いの性器を愛撫し合う淫らな秘めごとに耽けるようになった。心を震わせることなく身体だけでフォンティーンを感じるのはとてもいい。魔女の呪いを欺けているという確かな感覚があった。

しかし、フォンティーンとの行為に夢中になりすぎたせいか、十六歳の春には雄の体液を摂取しなければ正気を保てない完全な美魔の身体になってしまった。ジュストはハーシュホーン通りへ行って魔女の呪いのことを訪ね歩き、その足で歓楽街へ向かうようになる。

貯(た)まっていた給料は、抑制剤(よくせいざい)の研究と呪いを解く方法を調べるために使い果たした。

そうして十余年の歳月が瞬く間に過ぎ、青い月の昇(のぼ)る夜は、二週間後に迫(せま)る——。

3

ジュストはいつもと同じように、夜明け前の暗い自室で目を覚ます。

長い夢を見たせいで当時の感情にまだ揺さぶられている気がするが、早朝の規則的動作を粛々と行えば問題はない。

熱い湯を浴びながら歯を磨き、グラス一杯の水を飲んでシャツやスラックスを身につけ、左腕の袖を捲って抑制剤を打つ。一昨夜にフォンティーンの唾液を多く摂取したからだろう、抑制剤がよく効いていて状態は良好だった。

ウェスト・コートを着てリボンタイを結び、懐中時計をポケットに入れたあと眼鏡をかけて靴を履く。紋章が箔押しされた手帳、ハンカチ、真っ新の手袋を準備すると、最後にテール・コートを纏って鏡の前に立った。

「……よし、オッケー。いいね、いつも通り」

そう、いつも通り、心を波立たせずニュートラルであることがなにより大切だ。たとえ青い月の昇る夜が迫っていたとしても。気持ちと身体を落ち着かせたジュストは自室を出た。

食堂でフォンティーンと視線を深くからませ、毎朝の儀式を終わらせる。

隣のテーブルには恒久の風景が――大盛りのミートパイやポテトサラダを次々と呑み込むリーゼのことを、サリバンが紅茶を片手にうっとり見つめながら褒めちぎるという、永遠に変わらない朝の風景があった。

「おくちの中いっぱいだね。今日も最高にかわいくて綺麗だよ、ぼくだけのリーゼくん」

「………」

「ボス、サリバン、おはようございます」

「おう。おはよう」

「あ、ジュストおはよー」

昨夜、長い夢を見たジュストは一度も目を覚まさず、魔女の森へ行っていた彼らが何時に帰還したかは結局わからなかった。また疲れ果てて帰ってきたのだろうけれど、大量の料理を掻き込む今のリーゼに疲労や苛立ちの色はない。二人の食事の時間を邪魔するのは無粋だから、魔女の森についてはあとで訊こうと決めて、テオやオーキッドたちが集まるテーブルへ向かった。

午前七時――。脱衣室で朝の打ち合わせが始まると、全機の竜の行動予定が記載された【任務地一覧】の書類が配られる。その内容を確認したジュストは、今日も名無し書店へ行くことを早々に諦めた。

【フォンティーン／ミローハイ湖にて化学薬品・油膜の除去および湖水浄化】

【出動：午前十時：第二ゲート／帰還：午後五時予定：第一ゲート】

【議会：なし／担当バトラー：ジュスト】

予定通りフォンティーンが午後五時に帰還したとして、彼の茶の相手をし、終わってから事務室で残務の処理をしていては何時に上がれるかわからない。それに——。

——化学薬品の除去か。どんな成分だろう。劇物は絶対に嫌だ……フォンがいらいらしないで済むといいけど。

大規模な人災の鎮静、天災時における人命の守護、鉱毒・煙毒の回収と浄化、超大型物資の輸送——ドラゴンギルドが請け負う仕事は多岐にわたるが、ほとんどが危険を伴うもので、それらの任務を遂行する竜たちにはさまざまな対価が与えられる。

豪奢な〝巣〟のほか、趣味嗜好・遊戯・地位・名誉・議会での発言権・金のすべてが保障され、もちろん困難な案件を処理できる竜ほど賃金も上がる。

竜種や性格によって仕事の向き不向きもあった。リーゼは数年前から大型客船の警護の依頼を積極的に受けていて、簡単な割に報酬がいいこの仕事をオーキッドやキュレネーに担わせていた。

ガーディアンやファウストは竜巻と落雷をよく制し、大規模な火災現場へはフォンティーンやサロメが飛ぶ。火山噴火と火山性微動を抑えるために必ずナインヘルが出動し、バーチェスたち土竜は底の見えない谷や未開の密林へ入ることに躊躇しない。

しかし、中でも化学物質と毒物の除去は非常に困難な仕事だった。

世界最強の肉体を持っているとはいえ、人間が作った薬品や劇物が鱗の隙間に入ってくるのは甚だしく不快であるし、激痛や耐えがたい痒みを発症する。この仕事を担える竜は限られていて、フォンティーンは嫌がりもせず未知の物質を恐れることなく確実に任務を遂行してくるから、筆頭バトラーは全幅の信頼を寄せていた。

――だからってフォンにばっかりさせるのは嫌だな。

竜がつらいのは当然のこと、痛痒に苛立つ竜を見ているバトラーたちも早く治めてやりたくて不必要に焦ってしまう。なにより綺麗な鱗をわけのわからないもので穢されることが本当に嫌だった。

化学物質と油膜の除去の依頼頻度は低いが、それでもジュストはこの任務にあたる竜が心配でたまらなくなる。名無し書店のことを完全に忘れてしまうほどに。

「――解散。各々現場で業務に入れ」

打ち合わせを終わらせたリーゼが出て行くと脱衣室はいつもの喧騒に包まれて、即時出動の竜たちの軍服を脱がせたり、発着ゲートを開けたりするためにバトラーたちがぱたぱたと駆けだす。

ドラゴンギルドの中枢部である脱衣室は、ひときわ広くて豪奢な造りをしていた。

壁と柱は焦茶色のウォールナット材で統一され、床には色鮮やかなモザイクタイルが輝く。等間隔に設えられた陶器製の洗面台と真鍮の蛇口、その手前に並ぶ優美な猫脚の肘掛椅子は帰還した竜たちの身を整えるためのもので、大棚には大小さまざまのタオル、香油と香水の瓶、櫛や歯ブラシがおさめられていた。

談話用のゴブラン織りのソファに、フロマン社の振り子時計、竜の私物を置く飾り棚。そのほかにも大型の鏡、軍服を吊ったラック、アイロン台、給茶のための小さなかまどまで——すべて結社で働く竜のためだけに用意されたものだった。

ジュストはかまどに火を入れてポットをかけ、飾り棚からフォンティーンが愛読している分厚い哲学の本を取ってきた。

「フォンは出動まで時間があるよ、どこにいる？　ラウンジとかはどう？　いや？」

「ここでかまわない。上に乗れ」

哲学の本を受け取ったフォンティーンはゴブラン織りのソファに腰かけ、腿に座るよう要求してくる。

「今は無理」

ジュストはそれを躊躇なく断った。担当バトラーは竜の要望に応えなくてはならないが、なにもかもを受け入れていては身が持たない。ジュストも多くの業務を抱えている。竜の要望が理に適っているか否か判断し、彼らの怒りに臆さず断るのはドラゴンギルドのバトラーが身につけるべき能力のひとつだった。

「ボスのところへ行かなきゃなんないし、業者も打ち合わせに来るしね。イイ仔で御本を読んでてよ。軍服どうする？　脱衣室を出ないなら今すぐ裸んぼになっても大丈夫だよ。それとも出動前に脱ぐ？」

美しくて堅物のオンディーヌは物憂い表情になり、「今」とだけ答えた。

「そんな顔しないで。談話室を取っとくよ。フォンが帰還したらお茶しよう？　ね？」

ソファに座るフォンティーンの長い脚のあいだに入っていき、甘い声でささやきながら上着のボタンを外していく。

竜の一族に着衣の習慣はないため、彼らは軍服を着ることを嫌がり、隙あらば全裸になろうとする。みずからの手で軍服をきちんと着るサロメや、『裸はそわそわするから、いや』と言うオーキッドのほうが珍しかった。

――どうしよう。拗ねちゃった。今日は大変な任務なのに……。

フォンティーンがむすっとしたままなので、しかたなく裸の胸板に指を這わせたり肩や腕を撫でたりして宥める。両膝をついてしゃがむと、ロングブーツを脱がせてベルトを外し、「一瞬だけおしり上げてくれない？」と言ってパンツと下着をおろした。

ジュストからしか見えない彼の生殖器はほんのわずか形を変えていて、物憂さと欲情を孕む金の瞳にとらえられたけれど、仕事に集中しているジュストはさらりと受け流す。サイドテーブルに温かい緑茶を置いて「すぐ戻るね」と伝え、賑やかな脱衣室を出た。

一昨日ハーシュホーン通りで買った紙巻き煙草の箱を手に執務室の扉をノックする。

「どうぞ」と聞こえたあとに入った広い室内は、昨日も暖炉を使っていないせいで外より冷えていた。それなのにリーゼはテール・コートを脱ぎ、さらに袖を捲って仕事をしている。

「ええっ、ボス寒くないの？」

「そりゃ寒い。おまえが来るからいいかと思って」

「火くらい自分でつけてよ、面倒くさがりだなあ」

冬は確実に終わりに近づいているが今日もまだ気温は低い。急いで暖炉に火を入れながら、リーゼたちがいなかったときのドラゴンギルドの様子を報告する。

「昨日は大きなトラブルもなかったし、全体的に順調だったよ。テオ、ちゃんと締めてた」

「らしいな。書類も順調にまわってきて、ばかみたいに溜まってやがる」

「じつはね、未処理の書類はあと少しあるんだ。ボスの机に載りきらないから事務室に置いてるんだけど……」

「なにぃ。そういうことは先に言えよな。持ってこい、ローテーブルに置け。あと珈琲頼む」

「イエス・サー」

書類と熱々の珈琲をワゴンに載せて執務室へ運ぶと、物凄い速さでサインを量産するリーゼが書類から目を離さないまま「おい、おい、ジュスト」と呼び、中指と人差し指だけ伸ばした左手をひらひらさせてくる。指のあいだに紙巻き煙草を挟め、という意味だった。

パイプを愛用しているリーゼが紙巻き煙草で済ませるのはよほど急いでいるときだけだ。

養父が自分より年若に見えるようになるというのはとても不思議なもので、しかし二十歳前後の眉目秀麗な若者にしか見えない彼は、仕事に集中しだすと親父くさい仕草をよく見せた。

違和感があると言うか、年相応と言うべきか——心の中でくすっと笑ったジュストは買ってきたばかりの箱から煙草を一本取り出し、自分でくわえて火をつけ、火種を安定させてからリーゼの左手を取って指に挟む。

「ボス、はい」

「ん」

かつてのぎこちなさがまるで幻のように、二人の関係は濃密となっている。リーゼは従業員に立ち入らせない領域にもジュストだけは招き寄せるほどだった。

――まぁ、どれだけ仲よしでも所詮は〝上司と部下〟でしかないんだけどね。

ジュストはいつでも己の中の呪いに言い聞かせることを怠らない。色の異なる瞳を細め、普段の調子で甘ったるい声を出す。

「昨日、帰ってくるのずいぶん遅かったんだね。新聞の記事はまだ読んでない？」

「帝国軍またも頓挫、人喰いの森にて兵士死亡――ってやつか？　なぁにが人喰いだ、森に近づいたら死ぬってわかってて何回同じこと繰り返すんだよ、相変わらず学ばねえ奴らだぜ」

「次の元帥が決まらないから焦って行動してる感じかな」

「まあ、そんなところだろう。こっちはおとなしく待ってやってんのに、くだらねえちょっかい出すんなら、元帥不在のうちに叩き潰してやってもいいんだがな」

リーゼがすぱすぱと紙巻き煙草を喫むと甘くて苦い薫りが広がっていく。ジュストは紫煙の影が映る机に珈琲を置きながら訊ねた。

「魔女の森はどうだったの？　伐採されたり魔物たちが傷ついたりはしてなかった？」

「心配ない。人間の遺体がななつほど転がってただけで森に実害はまったくなかった。なにも知らされてない下級兵士や開拓業者の遺体が家族のもとへ帰れんのは少々不憫だが、魔獣たちの餌になっていずれ自然に還ることはできる」

「そう。森が無事でよかった。……ねえ、ボス、は——」

——朝から夜までなにをしてたの？　ジゼルお祖母ちゃまを慰めるほかは、帝国軍に燃やされそうになった場所を見てた？　魔女の森に……呪いを解く手がかりがあるか知らない？　知ってたら教えて——今なら自然を装ってそう訊けそうな気がした。

「……」

しかし、十年以上ものあいだ口にせず、魔女の呪いのことを完全に忘却してしまった彼に、どうしても訊ねる勇気が出ない。

「ねえ、ボス」

「あん？」

「魔女の森が……燃やされたり開拓されたりすることなんて、絶対ないよね？」

「燃える？　なんだそりゃ。心配しなくていいぜ、アルカナ・グランデ帝国が灰になってもあの森だけは必ず残る」

「うん、そうだった。変なこと訊いてごめんなさい」

それきり、書類の処理に専念するリーゼはなにも話さなくなり、ジュストはワゴンを押して執務室を出た。

走って脱衣室へ戻るとフォンティーンは哲学の本に集中していた。機嫌も直っているようでひとまず安心し、空になったコップに新しい緑茶を注ぎながら言う。

「僕、事務室で仕事するね。なにかあったら呼ぶか事務室に来て。エントランスホールのほうへ行っちゃだめだよ。お客さんが見たらびっくりしちゃうからね」

「わかった」

事務室でテオとレスターとともに書類作成や電話対応を行い、オリビエと防護服業者との商談に同席する。

商談終了後、脱衣室へ向かいながら確認した懐中時計は午前九時五十二分をさしていた。

「フォン、お待たせ。出動は第二ゲートだね」

竜たちの出動が完了し、バトラーも各々の業務にあたっていて、室内にいるのはフォンティーンだけだった。飾り紐をほどいて長い銀髪を整えると、水竜は哲学の本をジュストに預けて立ち上がる。

なんでもないそのときに、どうしてか集中力が途切れてしまった。

「…………」

出動のアナウンスは担当バトラーの役目だから、脱衣室とつながっているアナウンスルームへ行くつもりだったのに。

飾り紐を指にからめたまま、ほんの一瞬立ち尽くす。その一瞬を逃さないフォンティーンは発着ゲートへ向かう足を止めて振り返った。

「ジュスト？　どうした」

紫と桃色の瞳をぱちぱちさせて見上げると、竜は銀髪をさらさらと揺らしながら長軀を屈め、大きな手で耳の下に触れて、親指だけで頬を撫でてくる。

「眼鏡の調子がよくないか？　帰還したら調整してやる」

「ううん、大丈夫だよ、だって調整してもらったばかりでしょう……」

これから困難な仕事が待っているというのに、フォンティーンは嫌がる素振りも見せず愚痴のひとつもこぼさず、いつも通りジュストのことばかり気にかける。

危険だとわかったら湖には入らずに、そのまま帰ってきてほしい。しかしドラゴンギルドのバトラーである以上、それを口にすることは許されなかった。竜は任務を遂行することがすべてで、バトラーは遂行させるためだけに存在するとリーゼは言う。

ジュストは集中力をすぐ取り戻して微笑んだ。

「怪我しないように気をつけてね、出血は厳禁だよ。——本日のフォンティーンの任務はミローハイ湖にて化学薬品・油膜の除去および湖水浄化。帰還予定は午後五時、第一ゲート。任務を遂行して帰ってきて。僕、第一ゲートで待ってるから」

「わかった、行ってくる」

フォンティーンが発着ゲートへ向かうと同時にジュストもアナウンスルームへ入った。

『第二ゲートよりフォンティーンが出動します。近くにいるバトラーはセーフエリアまで一旦下がってください』

ゲートに姿をあらわしたオンディーヌが長い首を伸ばし、青みを帯びた翼を広げると、群青色の星屑が一斉に舞う。鱗は隆々とした筋骨の動きに合わせてうねり、瑠璃色や孔雀青に輝いていた。長く鋭い角と、濃紺に艶めく鉤爪、七色の光を含む半透明の青い蹼。

十九年のあいだ見つづけてきたその姿に慣れることはない。

ジュストは誇らしい思いを胸に、今日もまた、世界で最も美しく強靭な紺碧の竜に見入る。

「どうか気をつけて……」

ほどなくフォンティーンは銀の鬣をなびかせ、風をとらえて飛翔した。

「ジュストさぁん！　掃除終わりました、チェックお願いします！」

脱衣室からジュストが出てくるのを待っていたようで、長い廊下の先に立つエリスとアナベルがよく通る声を出す。「はーい、チェック表を取ってくるよ」と返事して事務室へ立ち寄り、清掃チェック表を挟んだクリップボードを手に取った。

「ジュストさん。今日も厳しめ、ですか……？」

「もちろん。いつも厳しめ、ですよ」

「ほんの少しでいいので優しくしてください～」

「そりゃあ、きみたちがとろっとろに蕩けるくらい、うんと優しくしてあげたいけど～」

三人で冗談交じりのやりとりをして、あははと笑いながらも「ここ指紋残ってるよ」と厳しい目でチェックを入れていく。

昼食は各自が時間を見つけて手短に済ませ、すぐ現場へ戻るのが常だった。

この瞬間にもフォンティーンが化学物質で汚染された湖の中にいるかと思うと、心配のあまり食欲が失せる。だが昼食を抜くことは筆頭バトラーが禁止しているし、食べなくては午後からの肉体労働は務まらない。ジュストはポリッジとサラダを胃に流し込んだ。

　昼食をとったあとは竜の巣の掃除とシーツ交換を行い、後輩バトラーたちが軍服の準備や備品の補充をするあいだ、ジュストたち三人の中堅バトラーは貯水タンクなどの設備や機材を点検する。

　午後二時を過ぎて、竜の帰還が始まった。

　担当する竜の帰還が遅いほど発着ゲートに立つ時間も長くなる。防護服に身を包んだジュストは、鱗を挟むための専用トングを持ってみっつのゲートを行き来し、帰ってくる竜たちのオーバーホールをしていった。

　そして、十機の竜が帰還を終えた午後五時三十八分——。

　ジュストはデッキブラシと望遠鏡を持ち、防護服姿のテオと第一ゲートに立っていた。

「フォンティーンの帰還予定は五時だろ。約四十分、遅れてるのか」

「うん。でもまぁ、三、四十分くらいなら……許容範囲だよね……」

　テオに返事をしながら自分に言い聞かせる。

　午後五時の帰還というのは、時間帯としては早くはないが遅すぎるわけでもない。深夜まで竜の帰りを待つことも多くあった。帰還の予定時刻を三十分ほど前後するのは許されていて、一時間を過ぎると上司への報告義務が発生する。

　しかしフォンティーンはほぼ毎日、帰還の定刻を守る。だから四十分も遅れていることがテオも気にかかるのだろう。

ジュストはもっと不安だった。

「あっ、帰ってきたっ」

暮れ泥む空に鈍く光る青色の星をやっと見つけることができ、望遠鏡をのぞき込んでそれをとらえた。テオも心配そうに訊ねてくる。

「どうよ？」

「………。あぁ。だめだ、――」

ジュストは憚ることもなく落胆の声をあげた。

望遠鏡の小さな円の中にいるフォンティーンは、見ているジュストの肌が粟立つほど汚染物質にまみれていた。黄色く濁った泥濘のようなものに巨体の至るところを侵されている。

水竜だけが吐き出せる〝聖水〟と呼ぶ水には強力な治癒・浄化作用があるから、届く範囲は自分で聖水をかけたはずだ。それでもまだあんなに付着しているなんて、どれだけ強い化学物質なんだろう――。

「僕ら二人じゃ無理だ。オリビエを呼んでくるね」

見ていられなくて望遠鏡をテオに渡し、急いで階段をおりる。

望遠鏡で確認したのだろう、「ひでぇ……。フォン！　早く戻ってこい！」というテオの大声が聞こえた。

フォンティーンが着陸すると同時に貯水タンクのバルブを全開にして聖水を滝のように落とす。マスクとゴーグルを装着しているジュストでも不快な刺激臭を覚えた。

優秀な水竜はいつもバトラーが作業しやすいよう立ってくれるのに、今日ばかりは四肢を折って座り込んでいた。デッキブラシで全身を磨き、そのあと数種類の薬草をペースト状にしたもので鱗と鱗のあいだや鉤爪、蹼を念入りに拭いていく。

通常二人で行う竜の洗浄とオーバーホールは一機あたり一時間以内に完了させるという決まりがあるが、テオとオリビエと三人がかりで行ったそれは約二時間を要し、巨大な貯水タンクに溜めていた聖水がほとんど空になってしまった。

脱衣室へつながる通路をフォンティーンが歩いていく。ゲートの清掃と施錠を二人に任せたジュストはロッカールームへ走り、脱いだ防護服を【使用済み／要浄化】と書かれた箱に入れて蓋を閉めた。

テール・コート姿に戻って脱衣室へ入ると、人型に変容したフォンティーンが濡れたまま立っていた。

「フォン。お帰りなさい。任務遂行ご苦労さま」

薄い唇はかたく閉ざされ、金色の瞳は縦長の瞳孔が限界まで狭くなっている。どれほどフォンティーンが屈強でも、あの高濃度の化学薬品に穢されては肉体と精神のダメージは避けようがない。出動前の、ジュストのことばかり気にかけていた彼とは様子が違うけれど、ジュストはいつも通り労いの声をかけてバスタオルで身体を拭いていった。

水を自在に操るフォンティーンは頭を二度振って、腰まで届く長い銀髪を一瞬で乾かす。用意しておいた下着とシャツと軍服のパンツはすべて大きな手で撥ね除けられた。「これならいいよね？」と、サロメから譲られた濃紺の着物を身に纏わせる。

「目が痒いとか翳んでるとかはない？」

「ない」

「よかった。でも心配だから目薬をさしていい？　まつげにも薬品いっぱいついてたの」

甘い声で言うとフォンティーンは素直に猫脚椅子に腰かける。ジュストの調合した目薬が竜に効くかはわからないが、なにもしないよりましだった。

飾り紐で束ねることも嫌がったので、おろしたままの髪に櫛を通しながら訊ねる。

「どうする？　談話室はまだ閉めてないから使えるけど……フォン、おなかすいてるでしょう？　食堂で夕食にしようか」

「食いたいと思わない」

「……そう」

世界最大の肉体を維持するため、竜の一族は大好きな睡眠より食物摂取を優先する。食べないことは寿命を縮めることに直結していた。またひどく心配になったが、明日の朝食は無理にでもとらせると決めて、鏡越しににっこりと微笑む。

「じゃあ予定通りお茶にしようね。先に行ってて。第三談話室だよ」

温かい緑茶と、少しでも口に入れてくれることを期待して茶菓子も準備した。

談話室に明かりはつけられていなかったが、暗くてもジュストにはよく見える。物憂げなフォンティーンはソファに巨軀を沈めていた。

柔らかなソファを流れ落ちる銀の髪。片脚だけ胡坐をかくようにして座っているから、着物の裾が大きく割れて腿まであらわになっている。

薄暗闇に金の瞳が妖しく浮かぶ。ジュストの動きに合わせて揺れる水竜の瞳、そこに宿るものが鬱屈から肉欲へ変わっていくのを感じた。

「お待たせ。お菓子も少しでいいから食べて。緑茶に合いそうなものにしたから。ね？」

下着を穿かせるべきだったと後悔しながら、フォンティーンの視線に気づいていないふりをする。銀のトレイをテーブルに置いてサイドチェストのランプをつけたとき、そうすることが当然とばかりに腕が伸びてきた。

「——フォ、ンっ」

腰をつかまれて持ち上げられ、剝き出しになった腿の上に座らされる。普段は多くを語らない静かで知的な唇が、獣のような動きでジュストの唇を割り長い舌を捻じ込んでくる。

「ん、っ……」

今朝のように断ることも撥ねつけることもできない。担当バトラーは竜の要望に応えなくてはいけなくて、いつからかフォンティーンが口にするようになった『唇を開け』という要望を、ジュストは拒んだことがなかった。

この美しいオンディーヌとのキスはバトラーの仕事でしかないから。

「ふっ、……んぅ」

いつも愛をささやきながら口づけてくるのに、今はなにも言わないまま躍起になって舌や口蓋を舐めるフォンティーンが、まだ痛痒に苛まれていると気づく。

両腕をまわして触れたうなじには、逆立つ鱗があった。

「ジュスト」

自分からも唇を吸うと抱きしめてくる腕の力が一層強くなった。

こんなにも強靭なフォンティーンがゲートでは四肢を折り、力なくまぶたを閉じていて、巨体に纏わりつく汚染物質を懸命に落とす最中もジュストは不安で心細くてしかたなかった。

紺碧に煌めく美しい鱗が穢されるところなど二度と見たくない。からみ合わせていた舌をほどき、唇を離してそっと額を重ねる。

「今日のお仕事、つらかったね。僕、ずっと心配で……、不安だった……」

「不安になどならなくていい。任務がどれほど過酷なものであっても必ず遂行しておまえのもとへ帰還する」

「フォン……」

魔女の呪いは竜たちの魔力に抑えつけられながらも牙を剝くときを狙いつづけているから、ジュストは一瞬でさえ愛しいと想ってはいけない。でも、バトラーとして心を震わせるくらいは許されるだろう。

フォンティーンの言葉に「うん。……うん」とうなずきながら、なかなか平たくならない鱗を繰り返し優しく撫でた。

「身体、まだ痛いところある？　鱗と鱗のあいだが痒い？　効くかわからないけど僕が作った薬を塗ってみる？」

「男根が疼く」

「え……っ。——あっ、だめだよ」

その短い言葉に驚くよりも早く、手を取られ下肢へ運ばれる。つられるように視線を落とせば、着物から弾み出た陰茎がすでに透明の体液を漏らしていた。

熱く硬いそれを握らされ、すぐに掌が濡れる。大きな手を重ねてきて無理やり動かしてくる。

「だめ、手を放して。キスだけっていう約束でしょう？」

「唇を吸い鱗を撫でられただけではなにも治まらない」

耳朶に唇を押しつけてくる竜の息は興奮に乱れていた。股座からあふれる強烈な雄の匂いにジュストまで反応してしまいそうになる。フォンティーンはなおも手を上下に動かしながらささやいてきた。

私の担当バトラーなら、この激しく逆立つ神経と肉体を鎮めろ、と——。

「フォン、ティーン……」

仕事として行うのはキスだけと決めているのに、その言葉にぐらつく。

汚染物質に侵されて肉体と精神にダメージを受けているフォンティーン。それでも恐れや不安はなくて、どれほど困難な任務も遂行して帰還すると言ってくれた。

今のジュストに彼の要望を拒む理由はない。

紫と桃色の瞳を金の瞳にからませると、水竜は「くわえろ」と言う。腿からおりて絨毯に両膝をつき、長大でずっしりとした質量のある陰茎を両手で支え、大きく張り出した亀頭を呑み込んだ。

その瞬間、びゅうっと先走りが射出される。濡れた銀色の下生えを指で梳けば、鍛えられた腹が頻りに上下する。

「そのまま上着を脱げ」

言われた通り、雄をくわえたままテール・コートを脱いだ。

「下半身だけ裸になれ。私に跨がって孔を拡げて見せろ」

竜の要望は止まらない。ソファに仰臥したフォンティーンに跨がって彼の帯をほどき、四つん這いになって尻の丸みをつかむ。

「あぁ――、ん……」

はしたない格好で拡げて見せた後孔に舌が挿入されて、ジュストは羞恥と快感を綯い交ぜにした声で啼いた。交尾を拒んでばかりいたら、いつしかフォンティーンは人間よりもずっと長い舌を使ってセックスをするようになった。

後頭部を優しく押されて口淫するよう促され、ふたたび陰茎を両手でつかみ、先ほどより奥まで呑み込む。窄まりや陰嚢に濡れた愛撫を受けながら太い雄を舐めしゃぶった。

「んぅ……ふ、……ぅ」

フォンティーンのペニスはいつ射精してもおかしくないまでに膨れ上がり、粘性のある先走りを飛ばしつづけていた。もっとくわえていたいけれど、竜の精液を体内に入れるわけにいかないジュストは、赤く充溢した先端に二度キスをしてしぶしぶ唇を離し、血管の浮き出た茎をこすりはじめる。

「あっ。あっ。きもちっ、いぃ」

でも、竜の舌がぬるぬると孔を出入りする淫らな感触ばかり夢中で追ってしまって、手に力が入らない。フォンティーンがもどかしげに逞しい腰を一度大きく揺らした。

「ジュスト、もっと強く扱け」

「ぅ、ん……。ねぇ、フォン……それ、しないで。気持ちよくって……、ちから、入れられない、から――っあ！　ぁ……んんっ」

力を入れて強くこすってあげたいから言っているのに、どうしてかフォンティーンは舌を一層深くまで埋めて内壁をねぶってくる。

「やっ……。しないで、って……言ってる、でしょう。悪い仔……」

毎日の仕事でそうしているように、聞き分けのない竜を甘い声で叱りつけた。

そう、これは仕事だ。ジュストは今、業務を順調に進めている。

否、順調なのはこの業務だけではない。

ジュストに懐いている世界最強の魔物たち、固い信頼関係で結ばれた上司、頼りがいのある二人の同僚、可愛らしくひたむきに働く後輩バトラー――ドラゴンギルドに多少のトラブルは付き物で、しかし数年前のような竜の兄弟同士の諍いはなく、絆さえ感じる今が最も楽しく充実した日々だと言いきれる。

彼らを誰一人として破滅へ追いやらないために、訓練によって感情のコントロールを得たことはジュストの誇りだった。焔花に至っては、竜たちの魔力に助けられて二十年近くのあいだ一度も発生させていない。

己の身のうちに巣くう呪いを欺くことには得も言われぬ快感があった。

「ねぇ、フォンティーン……」

これは仕事だけれど、もっと気持ちよくてもいい。美魔の本能に支配されはじめたジュストは、堅物なオンディーヌの名を猫撫で声で呼び、熱り立つペニスをよしよしと撫で、いやらしく尻を振る。

「ジュストっ。たまらなく愛しい。愛している、私だけの美魔」

「あ、あっ、あ、ぁ――、……」

フォンティーンは後孔に舌を突き入れては抜き、いつものように狂おしいほどの愛を口にする。でも彼が言ったのだ、逆立つ神経と肉体を担当バトラーが鎮めろと。

だからこれはただの仕事。担当バトラーとしての業務。それ以外はなにもない――ジュストは魔女の呪いに繰り返し強く言い聞かせながら、いつ終わるとも知れない情事に深くのめり込んでいった。

翌日もいつも通り早朝の規則的動作を粛々と行い、肉欲に乱れていた心身をきちんと落ち着かせて食堂へ向かう。そこで視線をからませてくるフォンティーヌは、昨夜の分を取り戻すように普段の倍以上の肉料理を食べていた。

毎朝の儀式は視線を交わすだけだが、大量に食べる姿を見て安心し、嬉しくなったジュストは今日だけ微笑んで唇を「おはよう」の形に動かした。

フォンティーヌが魔力や精神力を著しく消費する任務に連続してあたることはないから、昨日のような緊張状態はしばらく避けられるだろう。竜とバトラーの組み合わせは毎日変わるため、ジュストが彼の担当バトラーになるのは少し先と見込むことができる。

堅物なオンディーヌの束縛から解放されたジュストは、ふたたび魔女の呪いや四種の青、そして今日か明日には訪れたい名無し書店のことで頭をいっぱいにした。しかし、自身の業務が溜まって残業したり、早く帰還したフォンティーヌに捕まったりして外出する機会を逃しつづけてしまう。

ようやく時間を確保できたジュストがハーシュホーン通りへ向かったのは四日後の夜だった。

ドラゴンギルドの紋章を輝かせる自動車が、夕暮れの街を滑るように進む。

運転席の窓からは上弦の月が見えた。

季節は確実に進み、春へ近づいている。この数日間で急に生温くなった風には仄かな花香が含まれていることもあった。痩せ細っていた月が膨らんで丸みを帯びるほどに、ジュストの不安と焦燥も膨らんでいく。

ちょうど半分の姿で夜空に浮かんでいるあの月は、一週間後に青色の満月となる。

もう時間がない。今夜こそ、瑠璃の泉に関わる有力な手がかりを見つけてみせる――アーイルス川を越えたジュストは、時計塔を一瞥もせずにスピードを上げ、色彩豊かな灯りがともるベルガー商業地区をも素通りして先を急いだ。

フォンティーンの帰還予定時刻は深夜の二時だから追ってくる心配はしなくていい。ジュストは自動車を道路端に駐めて裏路地へ入り、濡れた石畳を進んでいく。〝行き止まりの壁〟を抜けて魔物たちだけの高級商店街・ハーシュホーン通りに着くと、商店街の外れにある名無し書店を目指して足早に歩いた。

本通りの賑わいがあっという間に遠のき、自身の靴が石畳を打つコツコツという音だけが耳に届く。下り坂と石階段ばかりが交互につづく路地にジュスト以外の魔物の気配はない。だんだん深く狭くなる様子はまるで廃墟と化した伝説の地下都市へ落ちていくようだった。

やがて暗闇以外なにもないそこに緑色と赤紫に揺らめく光が見えて、ジュストは胸を撫でおろす。

「よかった……開いてる」

世界最古の書店といわれる〝名無し書店〟はその呼び名の通り、店名がなく看板も存在しない。営業しているときだけ店先に吊るされたカンテラに緑色や赤紫に色を変えるアレキサンドライトのような不思議な炎が灯る。

名無し書店に購入できる書籍は一冊もなく、客が高額の金を支払ってできることは閲覧のみだった。最も安くても一冊読むのに千百四十ペルラー（約二十万円）かかり、書籍の希少価値が高ければ閲覧料金も跳ね上がる。

金が必要なのに、ジュストはほとんど持っていない。貯めていた給料は抑制剤の研究や四種の青を調べるために使い果たし、この数年は金がまとまるたび名無し書店へ来て書籍の閲覧に全額を注ぎ込んできたから、常に金欠だった。

一年ぶりの名無し書店に緊張しながら古い木でできた扉のドアノブに手をかける。

ギ……と鈍い音を立てて扉を開くとまた階段になっていて、階下にはオレンジ色の明かりが溜まっている。階段をおりてランプの置いてある廊下を少し進むと、一人しか座れない狭いカウンターがあり、そこに猫背の男が座っていた。

「こんばんは。お久しぶり。元気してた？」

彼は口が利けないと知っているけれど挨拶をする。

猫背男は魔女や魔王の秘密などを知りすぎて、それらを誰にも他言できないようみずからの手で口を縫ったらしい。縫うのはいいが、なぜこのような太い糸を選んだのだろう。縫い穴から涎を漏らし、炎症を起こしている口元を見ると、魔物専門の医師の血が騒ぐ。ジュストならもっと上手く綺麗に縫合してやれたのに。

「書籍の閲覧をしにきたよ」

そう言うと猫背男は一年前と同じように黄ばんだ長い爪でトントンとカウンターを叩いた。

羊皮紙に書かれた魔物の文字はすでに絶滅して使用されていないものだが、それらを一通り学んだジュストはなんとか解読することができる。

【料金全額前払い／書籍指定式／自由閲覧式】

【書籍指定式：書籍ごとに定めた閲覧料金を支払いください】

【自由閲覧式：金額は自由です。料金が不足となった場合、書籍が開かなくなります】

【書籍の汚損・破損はかたくお断りいたします。汚損・破損した場合、内臓または生殖器を頂戴いたします】

【閲覧内容を黙するも他言するも自由です。ただし他言後、死神に魂を抜かれても当店はいっさいの責任を負いません。――以上】

「自由閲覧式。八千五百ペルラー（約百五十万円）分で」

カウンターに札束を置くと、男は古ぼけたレジスターを打って領収書を手渡してきた。

領収書をロングコートのポケットに入れ、書籍を汚さないためにバトラー用の白い手袋を嵌めながら店の奥へ歩いていく。柔らかな絨毯が敷かれたそこには、天辺が見えない城壁のような書架が果てなくつづいていた。

「一番上の本って、どうやって取ればいいんだろう……」

ここに来るたびそう考える。もしかしたら書架の最上段に目当ての本があるかもしれない。

ジュストが読みたいのは魔女の森に関する書籍だが、いつも閲覧より探すほうに時間を取られていた。

四十分ほど書架のあいだを歩き、ようやく見つけた魔女の森の記録書と思しき書籍。その古文書の表紙には、【PL 2,450－】のラベルが貼られていた。

――二千四百五十ペルラー（約四十三万円）か……。高い……。

六、七冊は閲覧したいのに、やはり三冊が限界のようだった。今夜の書籍でジュストの運命が決まるかと思うと慎重に選びたくなる。しかし時間は限られていて、次の書籍がすぐに見つかる保証もない。

ジュストは唾を飲み、覚悟を決めてゆっくりと表紙を開いた。

日付が変わった午前零時二十七分――。

名無し書店を出て自動車へ戻ってきたジュストは運転席に座り、長いあいだハンドルに顔を伏せたままでいた。

難解な文字の羅列を見すぎたせいだろうか、ほんの少し頭痛がする。

夕方から先ほどまでの約六時間、名無し書店に滞在して閲覧できた書籍は三冊で、最後に見つけた四冊目は料金不足から開くことができなかった。

三冊の古文書から得た事実は多くある。九人の魔女が森に呪いをかけるに至った経緯、彼女たちは千年以上も前に魔物狩りを予見していたこと、森にかけられた九重の呪いが永遠に解けない理由、棲息している魔物の種類、植物の種類と使い道――しかし、その中に天藍石の花は含まれていなかった。

魔女の森には幾つもの井戸があり、渓流があり、湖もある。ただ「泉」の文字だけが確認できなかった。

つまり、ジュストが知りたいことはなにも記載されていなかったということ――。

「どうしよう。どうした、ら……」

浮上するきっかけが見つけられないほどに、ひどく落胆した。

名無し書店へ行けば手がかりが見つかるというのは、甘い考えだったのだろうか。それとも時間と金が足りなかっただろうか。フォンティーンが追ってきたあの日、彼に事情を話せばよかったかもしれない。自分の手で魔女の呪いに決着をつけたいなどという、つまらない意地を張らずに。

そうすれば、どの書籍を閲覧するかフォンティーンに相談しながらよく考えて選ぶことができた。ジュストでは手が届かないところにある本を、長軀の水竜は軽々と取ってくれただろう。その書籍に『瑠璃の泉は魔女の森にある』と記載されていたかもしれない――。

今さら考えても詮無いことで堂々巡りをしてしまう自分が嫌になって、ジュストはようやく顔を上げた。

でも、ハンドルを握り直したけれど、どうしても発車させることができない。

なんの手がかりも得ていないのにドラゴンギルドへ帰れない、戻りたくなかった。

このまま帰ってしまえば忙殺されるうちに七日が瞬く間に過ぎ、ジュストはなす術もなく青い月を仰ぐことになる。呪いは解けていないのに、青い月が姿を消してしまったら——絶対に考えないと決めているそれを思い描いてしまいそうになり、躍起になって頭を振った。

「…………」

ベルガー商業地区を照らす色とりどりの灯りが、暗い車内にもこぼれ落ちてくる。

華やかな灯りを色の異なる瞳に映したジュストは、その灯りの中心に建つ高級クラブのことを思い出した。

「ディズレーリ……。行ってみようか……」

ドラゴンギルドへ帰らずに済むならどこでもよかった。最悪の結末を考えないようにするためにも一瞬でいいからこの落胆と焦燥を忘れたい。それに、高級クラブ・ディズレーリには多くの軍人がいる。瑠璃の泉に関する手がかりは皆無だが、リーゼのための有力な情報が得られるかもしれなかった。

たとえば次期元帥のことや、魔女の森をふたたび攻撃するつもりなのか否かなど——高級クラブへ行くと決めたら、ドラゴンギルドのバトラーと気づかれないための、いつもの細工が必要になる。

眼鏡とリボンタイを外し、テール・コートを脱いでロングコートだけを着直した。杏色の髪をピンで適当に留めてアップスタイルに見えるようにする。必ず付ける大振りで派手な耳飾りが手元にないけれど、今夜は寄る予定ではなかったのでしかたない。

車をおりたジュストは、見えないなにかに引き込まれるようにして、真夜中のベルガー商業地区の中心地へ歩いていった。

会員制高級クラブ・ディズレーリ――その客の五割が将校クラスの軍人であり、次いで政府の高官が多く、ほかに資産家などの富裕層、貴族などが出入りする。経営者が帝国軍とのつながりを重視していたため、ドラゴンギルドの従業員は入店を許可されていない。ジュストは偽名を使い、医師という知識階級を利用して会員になった。

受付で手続きを済ませて重厚な扉を開くと、すぐに紫煙と芳醇な酒の香りに包まれた。

壁一面の壮麗な歴史画は大聖堂の壁画を模していて、天井には星屑がこぼれ落ちてきそうな巨大なシャンデリアが輝く。

会員の入れ替わりは激しく、昨年に幅を利かせていた者が翌年に姿を消していることはさして珍しいことではなかった。高官の失脚、若い将校たちの台頭、互いの腹を探り合い、牽制し合う――ディズレーリにはアルカナ・グランデ帝国を動かす中枢部の縮図があった。

会員に紛れて高級娼婦や高級男娼の姿も見られる。申し訳なく思うのは、美しく着飾った彼女らよりもジュストのほうが視線を集めてしまうことだった。

政府の高官や軍人たちの視線は、街を行き交う買い物客のそれとは異なり、あからさまな欲情を孕む。彼らを紫と桃色の瞳で誘うことは、至極容易だった。

疎ましいと思っていた瞳を利用するようになったのはいつからだろう。瞳の色が違うとからかわれ、魔物と呼ばれることにあれほど怯えていたのに。こんなにも変わるものかと苦笑してしまう。でも心を強くできていると感じられるから、美魔の瞳を利用することは悪くない。

一人でいるとすぐ軍人たちに声をかけられて、それにいちいち対応しなくてはいけないのが少々面倒ではあるが。

「よう、ビビじゃないか」

「こんな時期に来るとは珍しい。おれたちは嬉しいけどな」

「こんばんは」

「今夜はもう決めたのか？」

若い軍人は手で筒を作り、それを丸く開いた自分の唇のそばで前後させる。ジュストはくすっと笑った。

「まだだよ。だって来たばっかりだもの」

「おれたちが相手してやるよ。おまえの好みのホテルも押さえてやる」

「ふふ。あなたたちとても魅力的だけど、もっとここで楽しんでから決めるよ。じゃあね」

春の夜にだけふらりとあらわれるジュストには、ディズレーリの客たちが勝手に付けた「B・B」という渾名がある。ふたつの単語の頭文字を取ったものと教えられた。

その言葉とは〝Butterfly〟と〝Bee〟——いずれも春になれば蜜を求めて花から花へ移ろう昆虫のことを指している。

春の一時、高官や軍人たちのあいだでは〝ビビにくわえさせること〟がステータスになるそうだ。どうしようもなく、くだらない。浅はかで可愛らしい彼らの懸命さに、ジュストは苦笑を抑えきれなかった。羨望や嫉妬、欲望といったさまざまな視線を浴びながら店内をゆっくりと横切り、カウンターの隅に場所を取る。

有力な情報を持った高官か将校がいないか物色していると、男が隣に立つ気配を感じた。

「……」

視界に入ってきた踵の高いロングブーツは傷が多く、将校の中でも階級の低い者と判断できる。きっと若いだろうし精液を取る相手としてはよさそうだが、生憎今夜のジュストは中高年の上級将校を求めていた。

ギルドに有益な情報を持ってるなら相手をしてあげてもかまわないけど――微笑むジュストは足元からカーキ色のパンツ、軍人用の手袋、上着をゆっくりとなぞっていく。

そしてその顔を確かめたとき、色の異なる瞳をこれ以上ないほど見開いた。

「魔物通りで会って以来だな。ドラゴンギルドのバトラーを捕まえるのは思っていたより難しい」

「――！」

見えないなにかに頭を強く揺さぶられるようになり、完全に忘却していた記憶を無理やり呼び起こされる。薄茶色の瞳を光らせる男は、休暇中のジュストがハーシュホーン通りで見た、あの若い軍人だった。

歳は二十三、四だろうか。魔物の匂いがいっさいしない軍人は、自身の正体を軍服で巧みに隠していた。初めて会うのがこの高級クラブだったら、男が『魔物通り』と口にしていなかったら、ジュストは彼が魔物だと気づけていない。

「……魔物通り？　って？　会って以来って、どういうことかな。僕たち、はじめましてだと思うけど？」

「眼鏡を外し、髪型を変えてもわかる。紫とピンクと杏色……おまえは目立つからな」

いつもなら簡単に装えるのに動揺と驚きに負けた。声が上擦ってしまい、それに気づいた軍人が唇の片端を歪めて笑う。

「俺はバトラーをずっと見てきた。あの日のおまえは竜に顎をつかまれ、そのあと小指同士をからませていた。竜の指で喉元から胸をいじられて、笑っていたな。魔物通りで目が合ったのは俺の勘違いとは思えないが」

付き纏われることに慣れていても男の言葉には肌が粟立った。どこまで見られていたのだろう。突然あらわれた正体不明の魔物にディズレーリ内でバトラーと呼ばれるのが気に食わない。だが短いやりとりでわかったことがある。

あのとき軍人はハーシュホーン通りに用件があったのではなく、やはりジュストを追っていた。

男の目的はなんだろう。『ずっと見てきた』と言うが、美魔の匂いに目が眩んでいるわけではなさそうだった。ハーシュホーン通りで会ったときと同じように、薄茶色の瞳には蔑みや欲情とは別の、向けられたことのない感情が宿っている。

その正体がなんなのか、あと少しで判断できそうだが——。

「ずっと見てきた僕を捕まえるためにディズレーリへ来たの？　じゃあ僕がここでなんて呼ばれてるか知ってるよね。ねぇ、きみも、おくちでイイコトされたい……？」

動揺を抑えながら紫と桃色の瞳を妖艶に細め、男の感情を可能な限り煽ってみる。すると軍人は狙いつづけてきた獲物を早く仕留めたいとばかりに唇を開いた。

「おまえは、ジュスト——美魔の末裔だろう？　瑠璃の泉と天藍石の花を捜している」

「な、っ……!?」

一瞬、男がなにを言っているのか理解できなかった。

否、絶対に聞きまちがいだ。魔女と美魔が死に絶え、皆の記憶から魔女の呪いが消え去った現在、瑠璃の泉と天藍石の花を知っているのはジュストしかいないと言いきれる。

ジュストしか知らないのに、軍人は笑みの形にした唇をなおも動かした。

「アジュール・ムーンは間もなくあらわれる。それまでに瑠璃の泉を見つけたいおまえは、相当焦っているはずだ」

「どう、して、……それをっ」

信じられない言葉ばかりが耳に届く。感情のコントロールを覚えたジュストが誰かの前で狼狽するのは初めてだった。首筋に汗が滲む。ドッ、ドッと心臓がうるさく高鳴る。

少しも冷静になれない。そのとき色の異なる瞳が、軍人の目に宿る感情の正体を見抜いた。

汗を纏う身体に、ぞくっと悪寒が走る。

平静を装う軍人の瞳に宿るものは、野心と、ジュストへの怨恨――。

「なに、それ」

意味がまったくわからなかった。魔物狩りを行う人間に対し、恨みと憎悪を抱く魔物は数多といるが、同じ魔物のあいだに怨恨が存在するなど考えられない。なぜジュストが名も知らない魔物に恨まれなければならないのだろう。

話し込むつもりなのか、軍人は悠々とカウンターに凭れて腕を組む。しかし二人きりでいてはいけないと、魔物の直感がジュストに訴えかけてきた。

ここは高級クラブ・ディズレーリだ、〝ビビ〟は思うまま男たちをあしらうことができる。連れ合いが来るから、きみはここにいちゃだめだよ。早くお帰り――そう口にするよりも先に、軍人がまた信じがたいことを言い放った。

「瑠璃の泉がどこにあるのか教えてやってもいい」

「場所を知ってるの⁉」

「ああ。手こずっているようだからな。教えてやるよ。ただし条件がある」

「条件っ？　って、どういう……、――っ⁉」

そのとき突然うしろから伸びてきた手に肩を強くつかまれて、不覚にもビクッと身体を震わせてしまった。

「ビビ、捜したぞ。私を待たせておいてほかの男と過ごすなど、なんという罪深い蝶々だ」

「閣下!?」

ジュストは驚愕してばかりになる。気配をいっさい感じさせず背後から肩を抱いてきたのは、リーゼと懇意にしているサージェント法務将校だった。ジュストとは年齢がひとつしか違わないのに相当のキャリアを持つサージェントは、軍人を睥睨して立場を明確にさせる。カウンターに凭れて不敵な笑みを浮かべていた軍人も一瞬で表情と態度を改めた。

「名と階級を言え」

「はっ。第四大隊所属・ターナーであります。階級は中尉」

「ターナー中尉。悪いがビビは先約がある。ほかをあたれ」

しかし、ターナーと名乗った男は引き下がらずジュストを見据えてくる。視線が深くからむほどに、薄茶色の瞳に存在する野心と怨恨が色濃くなるようだった。

恐怖を覚えるのは何年ぶりだろうか。それは謎多きターナー中尉への恐れでもあるが、感情が制御できていないことへの恐怖も大きかった。

耳元でサージェント法務将校の厳とした声がする。

「なにをしている中尉。聞こえなかったか」

「……ビビ、ですか。近いうちに、また。——失礼いたします」

去っていくターナーの背を見るジュストの中にあるのは、男と離れられた安堵と、『瑠璃の泉がどこにあるのか教えてやってもいい』という、決して聞き捨てにできない言葉だった。

ジュストがすべてを賭して捜しても見つけられない瑠璃の泉の在り処を、魔女でも美魔でもないあの男が知っているなんておかしい。でも時間や手立てはなく、どのようなことにも縋りたくなる。わずか数秒のあいだにジュストの心は激しく揺れ動いた。

ターナー中尉が客の向こうに姿を消すと、サージェントは法務将校から同年輩の青年へと表情を変え、肩を撫でながら冷やかしてくる。

「おい、なにやってんだジュスト。また男漁りか？　春の盛りはまだ先だというのに。そんなに身体が疼くなら俺が相手してやろうか？　ん？」

「やめてください、違います、人聞きの悪いこと言わないでください。放して」

肩に馴れ馴れしく置かれた手を振り払おうとすると、サージェントは「おいおい、好きで抱いてると思うなよ。今放したら芝居だってばれるだろ」とぼやく。

このサージェント法務将校こそがジュストの唯一知る、正体を伏せて帝国軍に所属している魔物だった。彼はジュストが雄の体液を求めてディズレーリに出入りすることをフォンティーンやリーゼに黙ってくれているのでぞんざいな態度は取りづらい。

「………。助かりました。ありがとうございます」

「あいつは誰だ？　見ない顔だな。今夜の相手にするつもりだったならすまない」

「いえ、今は本当にそういうのじゃないんです。彼のこと、は……僕もわかりません。去年の春は見なかった……」

サージェントやジュストのように見た目は人間でも魔物同士にだけわかる匂いを纏っているのが普通だから、辣腕のサージェントにすら気づかせないくらい正体をひた隠しにするターナー中尉が余計不審に思えてくる。

しかし、彼が魔物であることを報告すべきなのに曖昧にしてしまった。

「相手探しじゃないいなら、なんだ？　課報員ごっこか？」

「………」

課報員ごっことは響きがよくないが、やろうとしていたことはそれに近い。でももうなにもできそうになかった。名無し書店を出た直後の落胆を忘れるほどに、ジュストの頭の中は正体不明のターナーが残した言葉でいっぱいだった。

「相手探しはかまわんが課報員ごっこは見過ごせないな。リーゼもよくは思わんだろう」

周囲の客たちは、久しぶりにあらわれた今夜のビビはサージェント法務将校のものをくわえるのだと決めつけているだろう。まだ芝居をしているサージェントはジュストのうなじを愛しそうに撫でるふりをしながら、しかし正反対のことを耳元でささやく。

「パパのところへ帰れよ、ビビ。蝶々が蜜を求めて飛びまわるにはまだ寒い」

4

早朝の規則的動作（ルーティン）を粛々（しゅくしゅく）と行ったジュストは眉間（みけん）に深い皺（しわ）を刻み、鏡の中の己（おのれ）を睨（にら）みつける。

――これは、だめだ……よくない……。

十日ほど前にハーシュホーン通りで目が合った若い軍人のことを、ジュストは完全に忘却（ぼうきゃく）していた。フォンティーンと過ごす濃密（のうみつ）な時間、ともに働く竜（りゅう）の兄弟とバトラーたち、多忙（たぼう）だがやりがいのある仕事、四種の青を追う日々――これらに重きを置くジュストにとって、若い軍人は記憶に留めるに値（あたい）する存在ではなかった。

高級クラブ・ディズレーリへ行った夜から今日で三日になるが、衝撃（しょうげき）はまだ残っている。

ターナー中尉と名乗った男の口から信じがたい言葉を聞いた翌日も、翌々日も、そして今日も、ルーティンをきちんと行っているのに心が一向に落ち着かなかった。

『おまえは、ジュスト――美魔の末裔だろう？　瑠璃の泉と天藍石の花を捜している』

『瑠璃の泉がどこにあるのか教えてやってもいい』

ターナーの声が耳と脳内にこびりついて離れない。

正体不明の魔物の口から四種の青のうちみっつが出てくることも、平静を装（よそお）いながらその瞳に凄まじい怨恨と野心を宿しているターナー中尉も恐ろしくて、サージェント法務将校が割って入ってくれたときは安堵した。

　しかし時間が経つにつれ、青い月の昇る夜が近づくにつれて、あれでよかったのだろうかと思ってしまう。危険だとわかっているのにターナーの話のつづきを聞きたくなる。本当に瑠璃の泉がどこに湧くのか知っているのだろうか。彼が言おうとしていた『条件』とは、なんだったのだろう――。

「ジュスト」

「あっ……ごめん。……おはよう」

　フォンティーンに呼び止められて、食堂での毎朝の儀式が抜けてしまったことに気づき、慌てて挨拶をした。

　毎日の規則的な行動が少しずつ崩れていくことには焦りと、わずかな怯えがある。その焦りがまたルーティンの効力を薄くしていく――悪循環に陥る前に軌道修正をしなくてはならない。

　ディズレーリへ行った翌日から集中力も途切れがちになり、事務室の自席に溜まった書類は午前中を目いっぱい使っても三分の一しか処理できなかった。今日、深夜まで残業してすべて片づけると決め、昼食をとるために食堂へ向かう。

　午後二時三十分――。

　心と身体を落ち着かせられないことを、ずるずると引き摺ってしまっていた。防護服の装着はいつも十分ほどで済むのに今日はまだ完了しない。あとから来たオリビエが早々に準備を終え、デッキブラシを持って階段を上がりかける。

「ジュストさん？　どうしたんです？　腹でも痛いんですか」

「ううん、なんでもないよ。もう準備できるから先に上がってて。第二ゲートだよね」

「第三です。もうバーチェス帰還しますよ」

「……ごめん、――」

　ゲート番号をまちがえるなどという、普段なら絶対にしない初歩的なミスをしてまた気が滅入る。溜め息をついていると、階段を上がったオリビエがカンカンと派手な足音を立てておりてきた。忘れ物でもしたのかと思ったが違うようで、顔だけをのぞかせて紅い唇の端を上げ、ニッと笑う。

「ジュストさん。俺、久々に一日中ジュストさんと組めるから、けっこう張り切ってるんです。バーチェスはめちゃくちゃ汚れて帰ってくるだろうけど、あいつ痒いところがあればちゃんと自己申告するし、『おー、気持ちいいぜー』って言うから磨きがいがありますし」

　それは、尖った性格をしていて口もすこぶる悪いオリビエなりの励ましだった。

　朝からずっと沈んでいた気持ちが浮上する。彼に気を遣わせるほど態度に出てしまっていることは自戒しなくてはならないが、ジュストは素直に嬉しく思った。

「ありがと」

　それに、竜の洗浄とオーバーホールを行う二人組にも相性というものがあって、ジュストは誰と組んでもかまわないけれど、最も仕事がやりやすいのは誰かと訊ねられたら迷わずオリビエと答える。

「僕も同じこと思ってた。オリビエと組めるの久しぶりで楽しみ。すぐ追いかけるね」

毎日のように竜の巨体を受け止め、汚れた水や毒物などにまみれる発着ゲートはドラゴンギルドの設備の中で最も傷みやすい。リーゼは金をかけて改修工事を年に一度行っていた。

鱗を挟む専用トングを持ったジュストはオリビエが待機している第三ゲートへ向かって、真新しくて頑丈になったバルコニーを駆けていく。

今日の風は、まるで春の盛りが来たかのように温い。

第一ゲートには帰還したシャハトが、第二ゲートにはフォンティーンがいて、レスターやエリスたちが洗浄とオーバーホールを始めていた。

霞む空に琥珀色の星が見えると、オリビエは誘導灯をつけた。バーチェスが第三ゲートに着陸し、ジュストとオリビエは同時にバルコニーから飛び降りる。

すぐに大量の水が降ってくる。オリビエはバーチェスの巨体に付着した泥をデッキブラシでどんどん落としながら大声を張り上げた。

「おいっ、バーチェス！　おまえなんでこんな泥だらけなんだよ？　今日は外来植物の防除だろ？　草まみれになるならまだしも、泥ってなんだ？　任務が早く終わったからって泥遊びしてきたんじゃねえだろうな？」

「ちげーよ、これはジュストが泥つけて帰ってこいって……おぉい、ジュスト、なんとか言ってくれよ。こいつほんと怖い。おれ頑張ってきたのに怒られてばっかりで、いやになるぞ」

「あははっ。きみたちのやりとり、僕すごく好きだよ」

　土竜とは思えないほど粗野な性格をしているバーチェスは、なぜかオリビエには物凄く弱い。昔、一緒にいたずらをしたりクロードに叱られたりしたから、ジュストにとっては兄弟や友達みたいだった。

　落ちてくる水の音が大きいのでオリビエに近づき、足元に並ぶ琥珀色の鱗をトングで挟んでチェックしながら説明をする。

「身体にくっついた種や根っこが飛行中に落ちたら、せっかく外来植物を駆除してもまた別の場所で広がっちゃうよね。バーチェスが泥んこなのは、『飛ぶ前に身体を地面にこすりつけて種や根っこを落としてくるんだよー』って僕が言ったから。あと、泥で固めておけば飛行中に落ちる確率を減らせるでしょう。二通りの理由があるんだよ」

「なるほど……。めちゃくちゃ納得です」

「どうだ、どうだ。おれはジュストの言うこと聞いただけだぞ。泥遊びじゃねえからな」

「言う通りにしてきてくれてありがとう、イイ仔だねー」

　広い額を撫でるとバーチェスはデレデレになり、人形みたいに綺麗なオリビエはずいぶん男らしく謝った。

「怒ってすまん。俺が悪かった。詫びに好きなところ磨いてやる」

「ほんとかっ？　そしたらなー、耳のうしろデッキブラシでがりがりしてくれ」

　オリビエは「よし、任せろ」と言って後頭部あたりの鱗を念入りに磨きだし、ジュストはその微笑ましい風景を眺め、長い尾をオーバーホールするために竜の背を歩いていく。

「え……？　なに？」

そのとき、メキ……ミシッ……という聞いたことのない音が耳に届いて振り返った。

大量に降ってくる水の音のせいだろうか、まぶたを閉じて寝そべっているバーチェスも、デッキブラシを力強く動かすオリビエも、その不穏な音にまったく気づいていない。

でも、ジュストには聞こえる。

はっとなってゴーグルを外し、目を凝らしたとき、頭上にある真新しいバルコニーに稲妻のような亀裂が走った。

「オリビエ！　バーチェス！　早くっ、ゲートから出て――」

「えっ？」

ジュストの懸命の叫び声は、ドゴォ――ンという轟音に掻き消され、デッキブラシの手を止めて振り向くオリビエの姿が一瞬で見えなくなった。

ドラゴンギルド全体が揺れる。巨大な石が次々と落ちてくる。

「くそっ！　どう、なって……ぐ、ぁ！」

疲れ果て、まぶたを閉じていたバーチェスは、それでも自分の巨体を盾にしてオリビエとジュストを守ろうとした。夥しい砂煙が舞い上がり、けたたましいサイレンが鳴り響く。後輩バトラーたちが悲鳴をあげ、防護服姿のテオとレスターが隣のゲートから走ってくる。

「バーチェス！　ジュストっ、オリビエ！」

「ジュストさん無事ですか！　よかった、オリビエはどこです⁉」

「う、っ……！」

オリビエがどこにいるか、わからない。バーチェスさえ瓦礫に埋もれて見えないのに、なぜジュストだけが無傷なのだろう。間近で叫ぶテオの声が遠くから聞こえるようだった。

「貯水タンクのバルブ全開にしろ！　フォンっ、聖水吐いてくれ！　シャハトは落石をどけてくれ！　オリビエどこだっ、返事しろ！」

隣のゲートにいたフォンティーンが大量の水を吐き、第一ゲートからすぐに移動してきたシャハトがひときわ大きな瓦礫を持ち上げる。そこに血を流すバーチェスと、丸い前脚に守られるようにして倒れているオリビエが見えた。

テオが「くそっ！」と言い放ち、ジュストは悲鳴を呑み込む。オリビエの細い手足は、奇妙な方向に折れ曲がっていた。

「オリビエ！」

テオよりも早くレスターが駆けつける。誰がどのような状態になっても、たとえ生死が不明でも、猛毒である竜の血液から可能な限りの距離を取らせるのが鉄則だった。わかっている、それなのに脚が動かない。

「あ、あ……そんな、──」

「おいっ、ジュスト！　なにボサッとしてんだよっ、怪我してねえなら動け！」

完成したばかりの頑丈なバルコニーが崩落するなど絶対に起こり得ない。戦場のようになった現場でジュストだけが無傷だなんて絶対におかしい。

あの日とまったく同じだ。

崩れ落ちるバルコニー、血だまりに倒れる養父、ジュストの悲鳴、鳴りやまないサイレン。

そして、身のうちに巣くう呪いが牙を剝く、あの恐ろしい感覚まで同じ——。

「どうなってやがる」

筆頭バトラーの低い声がして、ジュストはびくっと肩を揺らす。

轟音を聞いたリーゼはサロメを伴って現場に到着し、恐ろしいほど冷静に命令を下した。

「ジュストとオリビエを浄化して連れてこい。竜の涙で回復させる。フォンティーン、シャハト、瓦礫と血液を処理したらバーチェスに涙をありったけ飲ませろ。テオ、レスターはここに残れ。ほかは退避。急げ！」

「イエス・サー！」

軍服姿のサロメがおりてきて、手足が折れ曲がって動かなくなったオリビエを抱き上げる。

「ジュスト？　……なぜです？」

いつもならとうに骨折した箇所や脈拍数を確認し、止血を始めているのに。サロメは立ち上がることもできないジュストを不思議そうに見おろしてきた。

しかしそれも一瞬で、役に立たないと判断したジュストを置き去りにし、サロメはリーゼのところへ駆け戻る。コツコツという筆頭バトラーと竜の足音があっという間に遠ざかる。

「おまえどうしちまったんだよ、なんのために医者やってんだ！　オリビエを診てやれ！」

「う、ん……ごめん……。現場、気を、つけて」

ふたたびテオに怒鳴られてようやく立ち上がることができ、ロッカールームへ戻った。そこに破り捨てられていたオリビエの防護服と自分のものを合わせて処分を済ませ、震える脚を叩きながら走っていく。

ジュストと入れ違いに医務室を出たサロメは、壊滅状態の第三ゲートへふたたび向かったようだった。リーゼが腕を組んで白い壁に凭れていることから、サロメの涙による回復処置が完了したと知る。

「オリビエっ」

医師としての行動を取らなければいけないのに、聴診器すら手にする余裕もなく寝台へ駆け寄った。毛布の上からさすった手足はまっすぐになっているけれど、ただでさえ白い顔は白磁のようになっていて紅い唇ばかりが目立つ。

「ジュスト、さん？　は……怪我、大丈夫ですか」

「ごめんっ……オリビエごめんね、怖かったよね。許して――」

「え……？　なんで……ジュストさんが謝るんです？」

あれはジュストが招き寄せた禍だからだとは、恐ろしくて口に出せなかった。

いつも患者にするみたいに、甘い声で安心を与えたいのにそれすらままならない。なにも返せないでいると、壁に凭れていたリーゼが寝台へ近づいてくる。

「オリビエ、しばらく寝ろ。身体は全快しているが精神的ダメージは相当でかいからな」

「バーチェスも、重傷、ですか……？　耳のうしろ、磨いてやる、約束してて……」

「あいつは竜だ、肉体は当然のこと脳や精神の構造も俺たちとはまるで違う。もうけろっとしてるだろうよ。約束の件は俺からバーチェスに伝えておく。今はよく眠り、後日きっちり果たしてやるといい。——ジュスト」

名を呼ぶだけのリーゼが『睡眠薬を打て』と指示してくる。睡眠導入剤と注射器を準備し、寝台のそばに置いてある丸椅子に座った。

「こっちの腕、毛布から出すね。一瞬だけチクッとするよ……」

しかし手が震えて注射針を刺すことができない。かくかくと異様な震えかたをする手は自分のものではないようでひどく怖かった。

リーゼに手を強くつかまれてようやく針を刺すと、すう、と深い呼吸をしてオリビエが眠りはじめる。

「おい、ジュスト。なにをそんなびびってんだ？　あれしきのことで」

「……あれしきのこと？　新しい頑丈なバルコニーがいきなり壊れて、バーチェスとオリビエが大怪我したんだよ？　竜の涙がなかったら、オリビエ、は……。それがボスにとっては『あれしきのこと』なの？　あんなの起こり得ない。異常だよ、普通じゃない。あれ、は……魔女の——」

「その原因を突き止めるのが現場にいた者の仕事だろうが。おまえがびびってできねえって言うならそれでかまわない。テオかレスターにやらせるだけだ」

苛立つリーゼは、ジュストに最後まで言わせないためにわざと言葉をかぶせてきて、強くつかんでいた手を放すとコツコツと靴音を立てて医務室を出て行った。

扉の閉まる音がした途端、ジュストは丸椅子に座ったままサイドテーブルに突っ伏す。

「原因なんか、ないっ……魔女の呪いに決まってる……！」

己の身のうちに潜む呪いが竜たちの強靭な魔力をすり抜けて発動する。その感覚が、確かにあった。

青い月の昇る夜が近づくほどに膨らむ焦燥は、ターナー中尉に会ってから余計に止まらなくなり、早朝のルーティンを行っても思うような効果を得られず、感情も制御しきれなくなっている。

だからこそ一層の自戒が必要だったのに。不器用な言葉で励ましてくれたオリビエのことを大切だと思ってしまった。バーチェスとオリビエのやりとりが微笑ましくて『僕すごく好きだよ』などと軽率に言ってしまった。魔女の呪いは些細なそれらに牙を剝いたのだ。

「嫌だ……助、けて――」

柔らかな笑顔と甘い声の内側に、いつも大きな怯えを抱えていた。呪いによって誰かを傷つけることだけが、ジュストのただひとつの恐怖だった。ドラゴンギルドの皆を破滅へ追いやらないために、訓練によって感情のコントロールを得たことは誇りであり、心を強くできる最大の武器だったのに。

十数年ものあいだ懸命に守りつづけてきたものが、脆く崩れ去っていく。

呪いを解かなければドラゴンギルドにはいられない。三百年に一度の機会が四日後に迫ったこのときに、残酷な現実をふたたび突きつけられる。

「フォン……。フォン、ティーン」

縋るように銀色の懐中時計を握りしめると、震える唇からその名がおのずとこぼれ落ちた。

不安に揺れ動く心と身体を、逞しい腕で包んでほしい。青い蹼の煌めく大きな手で髪や頬を撫でて安堵を与えてほしかった。でもそれは絶対に叶わない、思ってもいけないことだった。

こんな気持ちのまま復旧作業をしているフォンティーンのもとへ行けば、それこそゲート全体が崩壊して皆を破滅へ追いやってしまう。

「瑠璃の泉、どこ……どこにあるの……」

フォンティーンを頼ることは許されない、名無し書店で書籍を閲覧することもできない。

急激に追い詰められていくジュストの脳裏に浮かんだのは、薄茶色の瞳に野心と怨恨を宿す、あの軍人だった。

自動車の運転席に座りつづけているジュストは、さっき確認したばかりの懐中時計をまた取り出す。

時刻は午後十時二十六分——。溜まった書類の処理もせずにドラゴンギルドを飛び出し、高級クラブ・ディズレーリの近くに自動車を駐め、店の扉を見つめて三時間が過ぎようとしていた。そのあいだ多くの軍人が店を出入りしたがターナー中尉の姿はない。ジュストは苛立ちを抑えることもなく、つかんだハンドルを指先でコツコツと叩いてばかりいる。

サージェント法務将校が辞去を命じても引き下がらずジュストを見据え、『近いうちに、また』と言ったターナーは、ふたたびジュストに接近するためにディズレーリを利用するはずだった。しかし、なかなか姿を見せない。

どうしても今夜中に瑠璃の泉のことを聞き出したかった。心は落ち着きなく揺れつづけていて、青い月が昇る夜までどのように過ごせばいいのかわからなくなってしまっている。

もしかしたらターナーは店の中で長く過ごしているかもしれない。ディズレーリに入るための細工をするのは億劫で、入ったあとはさらに面倒だが、十一時まで待っても来なければ店内をさっと見てみようか――。

「あっ……」

そのとき石畳の道の向こうに軍服を着た若い男の影が見えた。

夜行性の美魔の瞳にはっきりと映る。薄暗い路地から出てきてネオンの光る大通りを横切り、ディズレーリへ向かう軍人はターナー中尉でまちがいない。急いで車をおりて駆け寄ると、それまで硬い表情をしていた男は得体の知れない笑みを浮かべた。

「ああ、やっと来たか。もう呪いを解くことを諦めたのかと思ったぞ」

その短い言葉から、やはりターナーはジュストを捜してディズレーリに来ていたとわかる。

店の扉へつづく階段を上り、「中で話す」と顎で示してくるのは、新顔ながら〝ビビ〟を侍らせていることを誇示したいからだろう。軍人同士のくだらない見栄の張り合いに付き合う気など毛頭ないジュストは首を横に振ってすぐ訊ねた。

「教えて。瑠璃の泉はどこにあるの？」

「ははっ……ずいぶん唐突だな。そんなに焦らなくてもちゃんと教えてやる。おまえが交換条件を果たせばな」

「交換条件ってなに？」

「それは今ここで言っても無駄だ。──アジュール・ムーンが出現する夜、おまえ一人で魔女の森へ来い。瑠璃の泉のことも交換条件のことも、すべて森の中で話してやろう」

「魔女の森……!?　やっぱり瑠璃の泉は魔女の森にあるの!?」

ターナーの言葉に過剰に反応してしまったジュストは階段を駆け上がり、ぶつかる勢いで詰め寄った。その瞬間、男の笑みが消え、野心と怨恨を宿す薄茶色の瞳が鋭く光る。軍人用の手袋を嵌めた手がサーベルにかかり、ジャキッと音が鳴った。

「……っ」

ジュストが上ったばかりの階段をおりて距離を作ると、はっとなったターナーはすぐにサーベルから手を離し、ディズレーリで再会した夜と同じように平静を装った。

「焦るなと言っているだろう。どうせアジュール・ムーンが昇るまでおまえができることはなにもないんだ。四日後の夜、必ず一人で魔女の森へ来い。いま話せるのはそれだけだ」

一瞬の異様な空気がジュストにわずかな冷静さを齎す。

ターナーの言葉に惑わされるなと頭の片隅で警鐘が鳴り、魔女でも美魔でもないこの男が瑠璃の泉の在り処を知っているなんておかしいという考えが蘇った。

すん、と鼻を鳴らしても魔物の匂いは確認できず、どの種族か識別できないくらいターナーが持つ魔物の血は薄いと感じる。そもそも魔女の森へ入ったことがあるのだろうか。そのような疑念さえ浮かんでくる。

ジュストは紫と桃色の瞳で上目遣いに見つめ、甘い声で訊ねた。

「ねえ……そんないじわる言わないで、魔女の森のどのあたりにあるかだけでも教えてくれない？　フェールベルンの庭？　それともローリッジの果樹園？　僕、ぜんぜん的外れな場所を言ってる？」

「必死だな。見ているこっちがいたたまれなくなる。ジゼルの呪いに翻弄された、美しく憐れな魔物」

「え……？　今、なんて——」

魔女の森の中でもよく知られた場所の名を出し、ターナーの反応を見極めようとしたが失敗に終わった。逆に、男の言葉に搦めとられたようになる。慣れ親しんだ魔女の名が聞こえたことに鼓動が激しくなっていく。

「ジゼル？　って、なに？　どういう……こと？」

「まさか、知らないとでも？　おまえは呪いの解きかたを追っていたのではないのか？」

ジゼルはジュストの祖母であり、リーゼが誰よりも大切にしている母親だ。呪いの解きかたと彼女と、なんの関係があるというのだろう。ジュストは、叱られている理由がわからない子供のように不安げに首をかしげてしまった。

「本当に知らないようだな。なら教えてやろう」

不敵な笑みを浮かべるターナーは、なにを言うつもりなのだろう。聞きたいけれど聞きたくない。正体不明の魔物の瞳には変わらず野心とジュストへの怨恨がある。その目でジュストを見くだして、ターナーは吐き捨てるように言った。

「美魔の一族にふたつの呪いをかけ、呪いを解くための複雑怪奇な条件を定めたのは——伝説の魔女、ジゼルだ」

焦燥と動揺と、激しい感情の揺れに苛まれながらジュストは自動車のスピードを限界まで上げる。

そんなはずない。呪いをかけたのはジゼルなんかじゃない。長いあいだ魔女の呪いのことを調べてきたが彼女の名は一度も出てこなかった。これが真実なら、リーゼやフォンティーンが伝えてくれているはずだ。

速度を落とさないままドラゴンギルドの正門を通り抜け、キキッと音を立てて車を駐める。

運転席からおりて乱暴にドアを閉め、岩壁を見上げると、零時を過ぎているにもかかわらず執務室に明かりがついていた。

もう魔女の呪いのことを黙っていられない。黙っている必要はない。十年以上も忘却していたリーゼは、真新しいバルコニーが崩壊するという大事故でジュストに呪いがかかっていることを思い出したはずだ。

リーゼに、「ジゼルお祖母ちゃまが呪いをかけたんじゃないよね？」と訊ねたい。早く、いつものあきれた調子で「なんだそりゃ。ジゼルなわけねえだろ」と答えてほしかった。

早足で執務室へ行って扉を叩き、「どうぞ」と聞こえるよりも先にドアノブをまわしたジュストは、黒革の椅子に座るリーゼと同時に驚いた。

「ジュスト？　どうしたこんな時間に。おまえ、また誰にもなんも伝えずに外出したな？　それやめろって何回も言ってるだろうが。どこ行ってたんだ」

「なんでフォンがいるわけ」

応接セットのソファに、軍服姿のフォンティーンが脚を組んで座っていた。

頭がかっと熱くなる。彼らは、ジュストがバーチェスとオリビエを傷つけたことや、魔女の呪いについて話し合っていたに違いない。自分でも不思議なほど抑えられなくて、頭に血が上った勢いのまま荒々しい声を出した。

「ボスたちこそ、ずいぶん夜遅くまで仲よくおしゃべりしてるんだね。いつも喧嘩ばっかりしてるくせに」

「なんだおまえ。いきなり来てなに言ってんだ。夕方からずっとおかしいじゃねえか」

リーゼは秀麗な貌を歪めて苛立ち、フォンティーンは意味深げな金の瞳で見据えてくる。

『ジゼルお祖母ちゃまが呪いをかけたんじゃないよね？』――先ほど決めたばかりの言葉を、ジュストは口にしなかった。

「二人きりでなにを話してたの？　僕に聞かれちゃまずいこと？　たとえば、ジゼルお祖母ちゃまが美魔の一族にかけた呪いのこととか？」

なにごとにも動じないフォンティーンが、驚愕に目を見開く。

『なんだそりゃ。ジゼルなわけねえだろ』――そう言ってくれないリーゼは、苛立ちを消した顔に激しい動揺を浮かべ、ガタッと音を鳴らして椅子から立ち上がった。

「どうやってそれを知った？　誰かから聞いたのかっ？」

「うそ……嘘でしょ？　ジゼルお祖母ちゃまは、呪いと関係ないよね？　ねえ、ボス」

いつも淀みない早口でいっさいの躊躇なく話すリーゼが、このときに限って唇を嚙み、押し黙る。ジュストは、ばくばくとうるさく高鳴る胸を押さえながらフォンティーンを見た。

「フォン」

「もう伏せていても意味はないだろう」

「――ばか、みたい。……あはは、笑っちゃう」

意味のわからない笑いが込み上げてくる。ドラゴンギルドの、真実を知る者たちの意思によって、ジュストの背負う呪いが〝ジゼルの呪い〟であることが十九年ものあいだ隠されていた。

全身に走るこの慣れない震えは怒りのせいだろうか。怒りも憎しみも持たないよう心がけてきたから感覚がわからなくなっている。声も震えだし、しかしまた「はは……」と笑う。笑わなければ、ほかの感情が暴走してしまいそうだった。

魔女の呪いを調べつづけた十数年に、ジュストがジゼルに疑念を抱いたことは一瞬だってなかった。己の勘の鈍さに心からあきれ、自嘲する。

ターナーの言ったことは正しい。彼はジュストに正確な情報を与えてくれた。だが喜びは皆無で憤りだけがある。長いあいだ一緒に暮らしてきた養父や水竜からではなく、正体不明の男から真実を聞かされたことが悔しくて腹立たしくてしかたなかった。

「ジュスト。昔に話したことを憶えているか?」

フォンティーンが静かに立ち上がり、近づいてくる。ジュストはうしろに下がって距離を保った。魔女の呪いが発動した夕方、不安に揺れ動く心と身体を逞しい腕で包んでほしいと思った。でも今は思わない、頼りになど絶対しない。

「美魔の一族がふたつの呪いを望み、だがジゼルは怒りをあらわにし――」

「そんなのどうだっていいっ。ボスもフォンもサリバンも、ずっと僕を騙してたわけ? 子供の僕が魔女の呪いを怖がってたの見てたくせに、ジゼルお祖母ちゃまのこと内緒にして、僕のいないところでみんなして笑ってた?」

「おまえそれ本気で考えてんのか? くだらねえにも程がある」

「ボスはいいよね、思う存分サリバンを愛せて、竜たちやギルドのみんなを大切にして、ジゼルお祖母ちゃまのことを誰よりも愛してる。毎年毎年、一日中、ギルドの仕事を放って魔女の森にいるくらいジゼルお祖母ちゃまが大好き。庇うのもよくわかるよ」

「――おい。その利口な頭は言っていいことと悪いことの区別もつけられねえのか？」

リーゼのポニーテールが、怒気によって揺れているみたいだった。こめかみに血管がくっきりと浮かぶ。しかし、激怒を向けてくる養父を見てもジュストは自分を止められなかった。

「……っ」

皆が忘れ去った魔女の呪いを、一人で抱えることは平気だった。

必ず解くと決めているから。

焰花を咲かせないために恐怖や憎悪を抑えるのは思っていたより簡単で、皆を破滅へ追いやらないために『誰一人愛していない』と嘘をつくのは心が壊れそうなほど難しかった。

フォンティーンやリーゼたちがいてくれたから、どうにか耐えてこられたのに。

皆で呪いを忘れたふりをして、ジゼルを隠しつづけるなんて、そんなこと絶対にしてほしくなかった。

長年の訓練によって得た感情のコントロールをジュストは完全に見失う。

「ジュスト」

「来ないで。僕に触らないで」

それでもフォンティーンは触れてきて、リーゼに射貫くように睨みつけられ、かつてないほどの憤りと悲しみが破裂した。

「僕がどれだけ恐怖と不安に耐えてきたと思ってるの⁉　罪のない人たちを燃やしてしまう怖さが、誰も愛せないことがどんなに苦痛か、あなたたちにわかるの⁉　僕がなにを言ったって、どうせボスは『くだらねえ』で終わらせるんでしょう？　ボスはジゼルお祖母ちゃまを守るためなら、呪いなんか……僕のことなんかどうだっていいんでしょう！」

そのとき、ジュストの中で覚醒した呪いが、甲高い声で嗤った――。

「ああっ⁉」

ぼう、という不気味な音は七歳のときに聞いたものと変わらない。腰が抜けたようになって頽れるジュストの足元に一輪のリコリス・ラジアータが花開いた。その美しく禍々しいさまに総毛立ち、怒りと悲しみが霧散する。

「チッ！　出やがった！」

長きにわたって抑えつけられていた意趣返しだとばかりに、ひとつだけ咲いた焔花は一瞬で飛び火して同時に幾つもの花びらを開いていく。ジュストは意識を失いそうなほど恐ろしいのに、いっさい動じないフォンティーンはそれらを次々と握り潰し、リーゼはサリバンの鱗ででてきた緑色の鉞で焔花を断ち切りながら怒鳴りつけた。

「こうなるから言わなかったんだろうがっ。ただでさえ怖い怖いって泣いてた子供のおまえが、ジゼルの呪いと知ったらどうなってた⁉　心を強くする前に、呪いに食い殺されてんじゃねえのか！」

「リーゼ、よせ！　ジュストを責め立てることは許さんっ」

「……っ！　なにするの、おろして！」

最後の焔花を消したフォンティーンは聞いたこともない荒々しい声でリーゼを止めると、肩にジュストを担ぎ上げ、騒ぎに気づいて走ってきたサリバンと入れ違いに執務室を出た。

竜の肩を必死でつかんで見た室内に焔花の余波や焼け焦げた跡はなく、リーゼはこめかみに血管を浮かばせたまま鉞を握りしめている。

「おい！　ジュストをどうする気だ？　話は終わってねえぞっ」

「今宵はこれ以上話しても無駄だろう。これは私のもの。どうしようと私の自由だ。リーゼに、ジュストの焔花を制することはできない。私の腕の中にいることが唯一の手立てだ」

「いつおまえのものになった⁉　許してねえだろうが！」

執務室の扉が閉まる間際、「リーゼくん。いい子だからぼくに鉞を渡して」というサリバンの諭す声が聞こえた。

フォンティーンは階段を駆け上がり、長い廊下を歩いて大きな扉を開く。

夥しい書籍で埋め尽くされた水竜の巣の、中央にあるソファは過ごし慣れている場所なのに少しも落ち着かない。ソファにおろされ、抱きしめられても恐ろしいばかりで、このオンディーヌを頼ってはいけないという思いが身体の震えをより強くする。

「嫌だ、放してっ」

ジュストが十九年ぶりに生み出した焔花は七歳のときに見たそれより遥かに鮮明で、引き寄せられそうになる美しささえあった。

魔女の――ジゼルの呪いが確実に強くなっている。それはバルコニーが崩壊した規模の大きさからも充分にわかった。もうフォンティーンたちに抑えてもらうことは叶わず、些細な出来事のひとつひとつに反応して焔花を咲かせ、皆を破滅に導くのだろう。

だから触れてほしくない。それなのに、フォンティーンが大きな手で震える肩や背を撫でてくる。

「なにがあった？　なぜそんなに怯えている？　ジゼルの呪いなど気に病むな、私が常にジュストを守っているから恐怖も不安も感じる必要はない」

「ずっとみんなで僕を騙してたの？　フォンはなんで教えてくれなかったの……？　ひどい……

……フォンもずっとジゼルお祖母ちゃまを庇ってた？」

「違う。私はジュストを悲しませることは決してしない。リーゼもジゼルを庇っているのではない。おまえに祖母を恨ませたくないからだ。リーゼがジゼルの名を伏せると決めたのは、彼女のためではなくジュストを思ってのことだ。だからエドワード老もサリバンもサロメも、皆がそれに賛同した」

「嘘だ……そんなの、うそ」

いつも喧嘩ばかりしているくせに、父子契約書を破棄させることしか頭にないのに、フォンティーンはどうしてこんなときだけリーゼの肩を持ち、彼の考えを理解しているような言いかたをするのだろう。

今まで通りの、どのようなことでも柔軟に受け入れる、物分かりのいいジュストでいたくてもそれが叶わない。

自分の手で魔女の呪いに決着をつけたいという思いはまだ捨てていなかった。耐えがたい不安を誰にも見せずに過ごしてきた日々や、諦めることなく一人で調べつづけてきた長い年月を無駄にしたくない。ジゼルの強力な呪いが発動している今、フォンティーンを頼ってはならないことも、よくわかっている。

でも我慢しきれずに、逞しい胸板に顔を伏せて不安をこぼしてしまった。

「もう、時間がないの。青い月が昇ってしまう。呪いが解けなかったら、僕は——」

「青い月？　魔女の呪いを解くつもりでいるのか？　呪いは私が捩じ伏せているだろう。焔花を消すなど造作もない。私の腕の中にいれば呪いは無効も同然なのに、なぜそのような無意味なことをする？」

「違う！　違うっ……！　無意味なんかじゃないっ」

薄い唇から聞きたくない言葉が出てきて、ジュストは伏せていた顔を離し、フォンティーンの胸をどんっと突き飛ばした。

ずっと一緒に過ごしてきたのに、今だって誰よりもそばにいるのに、隔たりを感じずにはいられなかった。魔女の呪いを解くと心に決めたときから抑えてきた涙があふれだす。

「なんで？　どうしてそんなひどいこと言えるの？　フォンは愛してるばっかり言うくせに、僕のことぜんぜんわかってない！」

「ジュスト」

ジュストを自分だけのものと決め込み、実直すぎる愛の言葉を口にして、困難な任務の直前ですらジュストのことばかり気にかけるフォンティーン。でも、肝心なところだけが抜け落ちている。世界最強の魔物である竜は、魔女の呪いの恐ろしさが理解できないのだと諦められたらどれほど楽だろう。

ジュストは諦められない。腹を立ててしまうのは、呪いを解くことがどんなに大切かフォンティーンだけにはわかってほしいから。しかしその想いが彼を破滅へ追いやってしまうかもしれなかった。

憤りと恐怖が綯い交ぜになる。フォンティーンは紺色の爪がある指先で涙を拭い、力いっぱい抱きしめてくる。

「泣くなジュスト。昔、私は魔女の呪いを忘れろと言い、七歳のおまえはそれを理解した。互いの命が尽きるまで必ず私が抑えつづけてやる。今一度言う、呪いなど忘れろ、不安も恐怖も捨てろ」

違う違うと、ジュストは躍起になって首を横に振った。ドラゴンギルドに来たあの日みたいに泣きじゃくってしまいそうになるのを懸命に堪え、声を絞り出す。

「いやだ。それじゃだめなの……ぜったい、解かないとだめなんだ……。解かないと、僕は、フォンティーンを――」

この強靭で美しい紺碧の竜を愛せないなら死んだほうがましだった。

でもジュストはみずから命を絶つことも許されない。そのようなことをすれば夥しい焔花が咲いて帝国が灰になってしまう。

三百年に一度きりの、青い月の昇る夜。その夜に呪いが解けなければ、ジュストを待っているのは生き地獄だった。

そうなってしまえば、もう感情のコントロールなんてできない。ジュストは自分の手でフォンティーンを破滅に追いやり、養父や仲間たちを傷つける。身勝手な美魔の一族を、そして呪いをかけたジゼルを恨み、憎んで、毎日のように炎をあげるだろう。

たとえ遠く離れた場所へ逃げても、魔女の呪いだけはついてくる。

否、ドラゴンギルドから去らなくてはならない現実を、ジュストは受け入れられるだろうか。かけがえのないものを失って、どのようにして生きて行けばいい——。

「ジュスト」

いつも伏し目がちな金色の瞳を見開き、まばたきもせず見つめてくるフォンティーンの表情にはジュストの知らない驚愕と焦燥があった。しかし次の瞬間、突如ソファに組み敷かれてぞくっと悪寒が走る。

「なに、をっ……」

「魔女の呪いごときが、そこまでおまえを追い詰めているとは思いもしなかった」

物静かな美丈夫が獰猛な魔物の顔をする。魔女の呪いを見下す竜の、縦長の瞳孔が限界まで細くなる。伸しかかってくる長軀がいつも以上に重く大きく感じられた。フォンティーンはジュストの顎をつかみ、唇と唇が触れるほど間近で言いきった。

「ならば私が呪いを解いてやる」

「……！　そんな、の、今さら、っ——」

また心が激しく揺さぶられる。どうして今なのだろう。フォンティーンの短い言葉は、かつてジュストが待ち望んでいたものだったのに。青い月の昇る夜が迫った今伝えられても喜びはなく、受け入れることもできなかった。ジュストが十数年かけても見つけられない呪いの解きかたを、たった数日で捜し出せるはずがない。たとえフォンティーンでも不可能と言いきれる。

なにも言い返せないまま、唾液をたっぷり含んだ舌で口内を埋め尽くされた。大きな手で股座をまさぐられて恐怖ばかりが膨らんでいく。

「必ず呪いを解いてやる。だから私を愛していると言ってみろ」

「いやだっ、手を放して！」

魔女の呪いを上手く欺いてきたのに、フォンティーンに触れられることが引き金となって想いがあふれてしまうかもしれない。それが怖くてしかたないジュストは手足をばたつかせて滅茶苦茶に拒んだ。

「僕、に……触るなっ」

「言葉を慎めっ。私のものである自覚を怠るな」

異様な苛立ちをあらわにしたフォンティーンの厳しい口調に身体が強張る。スラックスのボタンの弾け飛ぶ音が聞こえ、下着ごと剝ぎ取られて下半身を裸にされた。必死で身体を返してうつ伏せになり、ソファから落ちようとして絨毯へ手を伸ばす。

れてぞくぞくと肌が震えた。
乱暴な手つきで引き戻され、巨軀で押さえつけられた。フォンティーンは尻の丸みを撫でまわしながら首筋にねっとりと舌を這わせてくる。耳朶を食まれ、尖らせた舌先で耳孔をくじられてぞくぞくと肌が震えた。

「くっ、うっ」

「あぁ……」

「私を愛していると言え」
執拗なそれに首を横に振ると、くちゅ、という水音が聞こえた。フォンティーンが自身の指を舐めた音だとわかったとき、窄まりに濡れた感触があった。そうしてすぐに二本の指を挿入されて、恐怖に萎えていた茎が一気に硬くなる。

「あっ……！　ん……、フォン、ティーンっ」

「今宵は桃の香りに近い」
性器からあふれてくる美魔の甘ったるい匂いは、自分でもわかるほど強烈だった。孔の奥にある塊を突かれて腰が勝手に浮き、こりこりと掻かれるたび「あ、あ」と短い声が出る。ジュストが漏らした蜜でソファに小さな染みができるころ、ようやく指が抜かれた。
背後で、軍服のベルトの外れる音がする。
腰をつかまれ、ソファに両膝をついて尻を高く上げる格好を取らされた。

「ひ、――」
後孔にあてがわれた、指でも舌でもない、熱くて重たいそれに戦慄が走った。

多くの情事を重ねてきたが陰茎の挿入だけは許したことがない。興奮が最高潮に達したフォンティーンは、ハアッ、と大きな息をつく。

「ジュスト……私はおまえだけを愛している」

「いやだ！　もうしたくない、入れないでっ、入れないで……！」

手をうしろにまわし、必死で陰茎を握りしめて後孔から離した。治まっていた涙がまた滲んでしまいそうになる。

フォンティーンの触れかたが変わったのはジュストが十三歳のときで、肉欲をもって触れてくるようになった彼のことを怖いと思ったのは最初だけだった。

心でフォンティーンを感じるのではなく、彼が齎す快楽を身体だけで感じていれば、魔女の呪いは発動しない。だからジュストはフォンティーンの腕の中で淫らになっていく身体に安堵すら覚え、感じるまま乱れてきた。

でも今はもう駄目だ。感情の制御ができないのにフォンティーン自身を受け入れたら、身体だけではなく心まで震わせてしまう。この美しくて強靭な竜を破滅へ追いやってしまう。

「怖い……こわ、ぃ……、お願いだから入れないで……」

「この期に及んで頑なな……腹立たしい――」

「あっ！　あぅ……フォンティーンっ」

ギリッと牙を鳴らす竜は性器の挿入を止まった代わりに三本の指を後孔に突き立てた。

体液を放出したくない、一刻も早く自室へ戻りたいと思っているのに、美魔の身体は言うことを聞かない。激しく出入りする三本の指に合わせてジュストは滅茶苦茶に尻を振った。

「く、ぅ……だめ……っ、――あ！　あぁ……」

美魔が快楽に抗えるはずもなく、中途半端に耐えてしまったジュストは尻を上げた格好のまま白い蜜をしょろしょろと漏らした。ぐしょ濡れになった脚のあいだにペニスを挟ませると、フォンティーンは猛然と腰を使いだす。彼の強い律動を感じながら名を呼ぶことも怖くて、ジュストは手で唇を押さえた。

「……っふ、……んっ、んっ」

「ジュスト、ジュス、トっ……、――っ！」

凄まじい勢いで放たれた竜の精液がジュストの腹を伝い、捲れたシャツの中へ入ってきて乳首にまで到達する。その卑猥すぎる感触に美魔の身体は悦び、打ち震えた。

「たまらなく愛しい。ジュストのために、私が呪いを解く」

「ぃ、や――」

竜の所有行為に限りはない。性器の挿入が叶わない分、それは殊更に執拗だった。

完全な裸に剝かれ、精液を塗りたくられる。裸になったフォンティーンは己の体液にまみれたジュストの裸体に厚い胸板を重ねてくる。そうして射精を繰り返すために、腰を大きく揺らしつづけた。

5

醒めない悪夢の直中を彷徨いつづけるような三日間だった。

早朝の規則的動作などまるで意味を成さずに苛立つばかりで、ジュストは一日も欠かさず打ちつづけてきた抑制剤すらやめてしまった。

食堂での毎朝の儀式もやめた。フォンティーンがどれほど睨みつけてきても知らないふりをする。

リーゼは文句や言いたいことが山ほどあるのだろう、忙しい仕事の合間にジュストを捜していたようだが、ジュストはジゼルの名を持ち出して養父を罵ったことに向き合えず、距離を置いてしまった。

二人のあいだに流れる空気が険悪でもドラゴンギルドには関係なく、毎日二十件ほどの依頼と数件の緊急案件が飛び込んでくる。しかしいつも通りの多忙さが救いになった。ジゼルの呪いからもリーゼからも逃げるようにジュストは仕事に没頭し、三日のあいだ、業務連絡以外はリーゼと言葉を交わさなかった。

抑制剤を打たなくても支障はない。多淫な美魔の身体が疼く隙もないくらいに、夜ごとフォンティーンに長い性行為を強いられた。それは彼がいつも言う『愛を確かめ合う行為』ではなく、美魔の本能を満たすためでもない、ジュストに自白させるための行為だった。

「魔女の呪いを解くには〝四種の青〟が必要だ。青い月と私の涙……残りのふたつを言え」

「だか、ら……もう、いい。今さら……、――あっ、あぁっ！」

本当に今さらなにをしても遅いのに、魔女の呪いを解くと決めた本気のフォンティーンはいっさいの容赦がない。何度も絶頂直前まで責め立てられ、しかし射精を制御されて、快感に対する堪え性がないジュストは「瑠璃の、泉……場所、知らない」と口にしてしまった。

次の夜も、身体が蕩けるような快楽を与えられると同時に「言わなければ今ここで男根を挿入する」と脅されて、天藍石の花の作用がわからないことを白状させられた。

フォンティーンは信じられない早さで任務を遂行し、すぐに帰還する。あまりにも早くてゲートの受け入れスケジュールに狂いが生じるほどだった。執務室へ行ってリーゼと話し、そのあと軍服姿で外出するのは瑠璃の泉を捜すためだろうか。

――どうして今なんだろう……もっと、早く……。

魔女の呪いと四種の青を一人で追ってきた十数年は本当に不安で寂しくて、フォンティーンに助けてほしいときや縋りたいときが数えきれないほどあったのに。でも、普段なにごとにも動じないフォンティーンが、この数日は常に焦りを帯びた表情をしていた。

「私に言っていないことがまだあるのではないか？　すべて言え、ジュスト」

「あっ、あっ、……もう、なにも、ないっ……」

夜遅くに帰ってきたフォンティーンに捕まり、また責め立てられる。しかしジュストはターナーとの約束だけは口にしなかった。一人で行かなければ、真相を知ることができない。

水竜の巣に月光が差し込んでいる。大窓から見えるそれは、満月と変わらなかった。

明日、アルカナ・グランデ帝国は青い月の夜を迎える――。


規則的動作をしなかったというのに、ジュストは不思議なくらい落ち着いていた。

三日間は異常な早さで帰還していたフォンティーンだが、今日の彼の任務地は国境近くで帰還予定は午後十一時だった。

その時間、ジュストは魔女の森にある瑠璃の泉の傍らに立ち、青い月を仰いでいるはずだ。溜まった業務を精力的に処理し、いつもと変わらず休憩室で後輩たちと楽しくおしゃべりをした。今日は皆が早めに仕事を終わらせてムーンナイト・フェスティバルへ向かう。

午後四時――。絶対に忘れてはいけない〝水竜の涙〟を確保するために、帰還したキュレネーに声をかけた。

「キュレネー。帰ってきたばかりなのにごめんね、涙をもらってもいい？」

「うん、いいよ」

薬剤を調合するときに竜の涙を使うことがあるジュストのこの行動は、決して不自然なものではない。キュレネーにも何度か涙を落としてもらったことがあり、彼はいつも「どんなお薬を作るの？」と興味津々で訊ねてくる。

銀色のまつげを伝って落ちる紺碧色の涙が小瓶に溜まっていく。普段は数滴しか落としてもらわないのに、呪いを解くための必要量がわからないジュストは「あと少し、いい？」と言ってしまった。結局、満杯にしてもらい、かたく栓をする。

ぱちぱちとまばたきをするキュレネーは「どんなお薬を作るの？」と訊ねてこなかった。

「ジュスト、大丈夫？」

「大丈夫って……どういうこと？」

「ぼくの涙、ジュストが飲むんでしょう？　だって顔が真っ蒼だもの」

「……！」

落ち着きを取り戻せているというのは、大きな思い違いだった。やはり感情のコントロールはもうできなくて、吐き気を催すほどの不安があることをまったく隠せていない。

「だい、じょうぶ……ありがとう。これは新しい薬に使うんだよ。だから多めにもらったの」

「そう。ジュストが元気でよかった。お薬が完成したらまた見せてね」

キュレネーと別れたその足で自動車に乗り込む。

ドラゴンギルドの正門を抜けたときには冷静さを完全に失ってしまった。

ターナー中尉が必要最低限のことしか口にしなかったのは、ジュストを確実に誘き出すためだろう。この先に待ち受けている罠がどんなものかは想像がつかない。

これがターナーの罠とわかっていても行かずにはいられなかった。

美魔の一族に呪いをかけたのはジゼル――その真実を教えられたことが、ジュストにターナーを疑うことを忘れさせ、約束した魔女の森へ向かわせる。フォンティーンが作ったスピードの出る車でも三時間はかかる道のりを休まず運転した。

広大な森の外を一周してターナーを捜しながら、仲間や帝国軍が潜んでいないかを同時に確認する。魔女の森には幾つかの有名な出入り口があり、そのひとつに、軍服を纏う魔物は立っていた。

自動車をおりて天を仰ぐ。雲ひとつない夜空に浮かぶ満月はまだ白銀だった。あれが中天に差しかかるとき青色になるとは、今もまだ信じがたい。

ジュストの姿を認めたターナーは会心の笑みを浮かべ、しかしそれを一瞬で隠した。

「約束通り、一人で来たな？」

「あなたはどうなの？　僕を魔物として狩るための部隊をどこかに隠してない？」

「思い上がりも甚だしいな。美魔一匹狩ったところでなんの足しになる？　……ついてこい」

嫌な笑いかたをしてジュストに背を向けたターナーが、人間は決して入れない魔女の森へ躊躇なく足を踏み入れる。

この男は会うたび平静を装うが、いつも装いきれていないのは若いからかそれとも性格のせいだろうか。今も、野心や怨恨に加えて焦燥が見え隠れしている。つい先ほどの、会心の笑みを浮かべてすぐに消したことも、ジュストに警戒心を抱かせるには充分だった。

　ターナーへの警戒は一瞬でも緩めてはならない。異なる種類の焦燥を抱え、黙って先を急ぐ二人のあいだの空気が張りつめていく。

　冷静さを欠いた頭で、それでも懸命に考える。ターナーの野心と怨恨を刺激せずに、瑠璃の泉の在り処を言わせる手立てはないだろうか。

　一刻も早く瑠璃の泉へ行きたい。泉に辿り着き、本当に天藍石の花を手にすることができたら、ターナーの言う『条件』がどんなことでも応じてみせる。先に要望に応えたら、そのまま立ち去られてしまう可能性があった。前を歩く男も同じことを考えているだろう。

　丸い月が浮かぶ夜空は明るく、鬱蒼と茂った樹葉で月光が遮られている魔女の森は暗い。木々の合間からわずかに見えた満月は、また少し中天へと近づいていた。

　焦りが抑えられないジュストは瑠璃の泉の在り処を引き出すための糸口を探る。

「どうして瑠璃の泉のことを知ってるの？　どうやって調べたの？　あなた自身、魔物なのにそれを仲間にも隠すのはどうして」

「仲間だと？　ハッ、笑わせる。魔物どもに正体を明かすわけがないだろう。誰が総司令部に密告するかわからんからな。おまえだけに特別に教えてやったんだ」

　ターナーは振り返らず、歩みも止めずに言い放った。気づけば彼は、暗い森の中を明かりも持たずに異様な速さで歩いている。それは夜目が利く夜行性の魔物の動きに似ていた。

「もしかしてあなたも、……美魔なの？　だから呪いを解くために瑠璃の泉を捜して――」

「みずから望んだ呪いによって自滅した傲慢で愚かな一族と一緒にするな」

ターナーの言葉のひとつひとつに、魔物への嫌悪を感じる。二人でいる時間を少しでも短くしたいジュストは直截に訊ねた。

「瑠璃の泉へ向かってる？」

「──まぁな」

「悪いけど、僕ひとりで行かせてほしい」

「ほう……」

それまで一度も止まらなかったターナー中尉が歩みを止め、ゆっくりと振り返る。薄茶色の瞳に宿る怨恨は、やはりジュストに向けられていると感じてぞくりと肌が粟立った。

「条件はどうする？　瑠璃の泉へ一人で行き、呪いを解いたらすぐに逃げるつもりじゃないのか？」

「そんなことしない。条件ってなに？　瑠璃の泉から戻ったあと必ず果たすって約束する。だから条件のことを先に教えて」

「呪いを解いたおまえになんの価値がある？　今すぐここで役目を果たせっ」

突然、サーベルの引き抜かれる音がして、同時に腕に激痛が走り、血が滴り落ちた。

「──っ‼　なにをっ……⁉」

ターナーが振りかざしたサーベルの向こうに見えた満月は、端がわずかに青く染まっている。魔物の血を持つすべての者の魔力を解放・増幅させるという、青い月光。その光を受けたターナーから漂ってきた魔物の匂いは、ジュストがよく知っているものだった。

「黙れ！　……淫魔の血など一滴にも満たない！　俺は人間として育ち、人間として教育を受けた。帝国軍に入ったのはしぶとい魔物の残党どもを一掃するためだ！」

違う、この男は魔物じゃない。帝国軍の軍人だ。嬉々として魔物狩りを行う――。

ジュストを睨みつけてくる軍人が、信じがたいことを言い放った。

「俺の望みはおまえを殺し、焔花で魔女の森を焼き尽くすことだ。――俺はっ……おまえが生み出した焔花に家族を焼かれたんだっ！」

「そんな！　そんなの……うそだ……」

立っていられずに、その場に頽れた。ジュストのせいで、荒れ狂う炎に呑み込まれていった数多の命たち。その中に、ターナーの家族がいたなんて。

「美魔のおまえは目立つからな。捜すのは簡単だった。瑠璃の泉に辿り着くのに、くだらん淫魔の血が初めて役に立った。多くの者を焼き殺したおまえの罪はおまえの命を以て贖え。この森さえ消せば俺の立場は帝国軍内で不動のものとなる。早く焔花を出せ！　魔女の森を燃やせ！　俺の家族を殺したあのときのように！」

堪えきれずに恐怖が頂点に達する。また切りつけられたとき、ボウッ！　と音を立てて巨大な炎の花が咲いた。焔花はジュストを守るようにターナーに襲いかかる。

「ぐ、っ……！」

「ここにいたらだめだ！　逃げてっ、逃げて！」

焔花は一斉に飛び火し、瞬く間に燃え広がった。離れたところから爆発音がして火柱が上がる。火柱の中にばらばらになった自動車が見えて、悲鳴をあげそうになった。ジュストが自動車を駐めた森の入り口まですでに焔花が広がっている。

魔物たちが頼りとする魔女の森。リーゼがジゼルとともに暮らした、彼の故郷。ドラゴンギルドと対をなす魔物たちの最後の砦が、ジュストのせいで燃えていく。

「フォン……。フォンティーン……」

もう瑠璃の泉はいらない。今はただ、フォンティーンに炎を消してほしかった。七歳の記憶が蘇る。来ないとわかっていても呼ばずにはいられなかった。

「フォンティーン！　お願い、火を消して！　魔女の森を守って……！」

そのとき、上空から水を含んだ冷たい風が吹きおりてきた。ジュストの瞳に巨大な魔物の影が映る。限界まで広がった翼から群青色の星屑がとめどなくこぼれ落ちてくる。激怒しているせいだろうか、瑠璃色や孔雀青に輝く鱗は逆立っていて、銀の鬣も大きく膨らんでいた。

「フォン、ティーン……？」

「やめろっ！　来るな！　ち、近寄る、な——ぐ、あぁ……っ！」

夥しい炎と黒煙と水蒸気に遮られているのに、フォンティーンは迷いなくジュストたちのところへ降り立った。黒煙の向こうで男の絶叫と肉体の潰れる音が聞こえ、ジュストは耳を塞ぐ。

それきり、ターナー中尉が立ち上がってくることはなかった。

長い首を伸ばし、顔を寄せてくるフォンティーンにジュストは抱きついた。

「フォン……あり、がとう……ごめんね」

「早く、私に涙を乞えっ。涙を落とせと言えっ」

「う、ん。フォンティーン、涙を落として……」

すぐに紺碧の涙がさらさらと落ちてきて、傷口が塞がっていった。フォンティーンは大量の水を吐いて炎を消していく。しかし焔花の勢いはあまりにも強い。

フォンティーンは長い首を伸ばして満月の浮かぶ天を仰ぎ、ひとつ、咆哮した。

「あっ！　みんな……！」

緑、水色、琥珀、そして赤——煙の向こうに四色の星々が輝いている。それらはどんどん近づいてくる。フォンティーンの声を聞いたドラゴンギルドの竜たちが、我先にと高速で飛んできてくれる素晴らしい風景に、ジュストの胸はこれ以上ないほど高鳴った。

一番に到着したのは、兄弟のうちで最高速度を誇る二機のシルフィードだった。

「派手に燃えてるねえ！　あの魔女はほんとしつこいなあ。ま、根こそぎ消しちゃうけどっ」

「ああ。我ら竜の一族に制せぬものはない！」

あははっ、と笑うサリバンと不敵な笑みをこぼすガーディアンは大きな緑色の翼で風を生み、凄まじい風圧で炎を掻き消していく。エドワードとバーチェスとシーモアは丸い前脚で焔花を握り潰し、大木のような後脚で炎をドスンドスンと踏み潰してくれた。

ジュストを見つけたキュレネーが、ぐす、と泣きべそをかきながら顔を寄せてくる。

「ごめん、ジュストっ、ごめんなさい……さっきぼくが止めなかったから、ジュストが怖い目にあっちゃった、っ……」

「違うよ！　絶対にキュレネーのせいじゃないっ。全部、勝手なことした僕のせいだよ。だから泣かないで……来てくれてありがとうね」

かけがえのない魔女の森を焼き、大切な竜まで泣かせてしまったジュストは、己の浅慮で愚かな行動を心から恥じた。キュレネーの鱗を撫でていると、サロメの静かな声が降ってくる。

「今は嘆くときではありません。オンディーヌとしての責務を果たしなさい、キュレネー」

「キュレネーっ、こっちに来て！　火の勢いが強いから一緒に消そう！」

サロメとシャハトの呼びかけに、繊細な水竜はきりっとした表情に変わる。「気をつけて、怪我しないでね」と伝えると、キュレネーは「うんっ」と微笑んで、巨大な火柱に苦戦しているシャハトのところへ飛んで行った。

グオォォ――――とナインヘルが夜空へ向かって咆哮する。そのとき、「うがぁー」という可愛らしい声も一緒に聞こえてきた。見上げると、世界最大のサラマンダーの頭に小さなサラマンダーが――メフィストがくっついている。

「じゅすと、どこ？　まもる！」

「張り切ってるが、おまえじゃ無理だ。あいつのことはフォンティーンやリーゼがなんとかするだろ。それよりも炎を食えよ。おれだってさすがにこの量は食いきれねえぜ」

「あいっ！」

ナインヘルは燃え盛る炎を次々と呑み込み、メフィストも「がぅ、がぅ」と言いながら口を大きく開けて炎を食べてくれる。

最後に見えたのは、懸命に飛んでくるオーキッドと彼の背に乗るリーゼだった。近くに着陸したオーキッドはリーゼをおろすと、走りながら人型に変容してジュストに抱きついてくる。

「なんでっ、どうして一人で行っちゃうの……！」

そう言って泣きだした小さな竜は、事情を知っているみたいだった。ジュストはテール・コートを脱いでオーキッドの裸体を包む。

「ジュストがへんだから心配でたまらなくて、みんなでリーゼくんのとこへ訊きにいったんだ。魔女の呪いのこと、ぼくたち知らなかったの。ごめんね。テオとオリビエはすごく悔しがってて、エリスとアナベルとメルヴィネは泣いて……レスターだって泣いてた」

「……っ」

大きな喜びと激しい後悔が綯い交ぜになり、堪えきれずに涙があふれた。

大切な仲間を悲しませる行動に至った己を恨む。オーキッドを強く抱きしめると、背にまわされた小さな両手にぎゅっと力が込められた。

「ぼく、ジュストが大好きだよ。ジュストも大好きだって言ってよ」

「オーキッド……！」

その言葉を今にも言ってしまいそうになる。しかし口にするわけにはいかなかった。血が滲むまでに唇を嚙むと、オーキッドは大粒の涙をぽろぽろ落としながら、にっこりと笑う。

「呪いを解いて、帰ってきたら言って。約束して。みんなドラゴンギルドで待ってるよ」

諦めかけていた心に、ふたたび渇望の炎が熾った。

瑠璃の泉も天藍石の花もない。でも、満月が沈むその瞬間まで、滅茶苦茶に足掻きたくなる。

「うん……、約束ね。必ず……必ずオーキッドに……みんなに伝えるから」

「ジュスト！　月を見ろ！　アジュール・ムーンになる！」

リーゼに名を呼ばれたジュストは、彼に倣って天を仰いだ。そこに浮かぶ満月が、中天へ昇るよりも早くみるみる色を変えていく。

「本当、に……青い――」

それは総毛立つほど妖しくて美しく、禍々しくも神聖な紺碧色の満月。

夢幻的なそのさまに、騒ぎ立つ魔物の血を抑えることができない。リーゼもオーキッドも同じものを感じているだろう。竜の兄弟たちは皆が長い首を伸ばして青い月に見入った。

三百年の時を経て出現したアジュール・ムーンが世界を青く染めていく。

「なんとしても呪いを解く！　ジュストっ、来い――」

こんなに激しい焦燥に駆られるリーゼは見たことがない。だが手をつながれかけたとき、水蒸気の向こうからオンディーヌの前脚があらわれ、濃紺の鉤爪が身体に巻きついてきた。

「リーゼ。おまえでは呪いは解けない。ジュストの呪いを解くのは私だ」

「フォンっ――」

フォンティーンとリーゼはジュストを挟んで睨み合う。諍いの予感がしたが、リーゼは口惜しそうに「くそっ……！」と言い放っただけだった。そうして泣いているオーキッドを抱き寄せたリーゼは、もう片方の手で今にも飛翔しそうなフォンティーンの鉤爪を押さえ込んだ。

「フォンティーン！　魔女の呪いを解け！　そうすれば、腹が立ってしかたねえが俺の息子をおまえにくれてやる！」

その言葉に、ジュストはどれほど心を震わせたか知れない。自分より若く見える父親が、笑みをこぼしながらもこめかみに血管を浮かばせているのは、みずからの手で呪いを解くことが叶わない憤りだろうか。

「なにがなんでも解け、命に代えてでも解け！　失敗したときは俺がおまえを狩る！」

「望むところだ。今このときを以てジュストは名実ともに私だけのものとなった」

普段あまり笑わない水竜が不敵な笑みを浮かべて飛翔する。その間際、リーゼが手を強く握ってきた。ジュストは両手で握り返す。すぐに遠ざかった父親の唇が「呪いを解いて帰ってこい」と、動いたような気がした。

地上よりも上空のほうが熱く、広大な森の半分近くが焔花と黒煙と水蒸気に侵されている。

「フォンっ、どうしよう、まだ燃え広がってる！　魔女の森が消えてしまうっ……」

「案ずるな、焔花は兄弟たちが必ず制する。今は瑠璃の泉を捜すことだけに集中しろ！」

フォンティーンが深くまで裂けた口を開き、オォ――……と唸り声を放つ。

強靭で美しいオンディーヌの咆哮は、世界中の地下に眠る水脈を呼び起こすようだった。

眼鏡を外したジュストは夜行性の瞳を最大限に使って森を見渡す。フォンティーンは地下に眠る泉に呼びかけるように何度も声をあげ、ジュストは懸命に目を凝らした。

やがて色の異なる美魔の瞳が、瑠璃色に煌めくものをとらえる。

「フォン！　谷のほうを見て！　あれなに……？　空に向かって伸びてる……青い光の柱？」

ジュストが叫びながら場所を指し示し、フォンティーンがそこへ向けて最大の咆哮をあげた瞬間、まるでオンディーヌの声に呼応するように瑠璃色の光の柱がひときわ煌めいた。

「あっ……⁉　光が強くなった！　フォンの声が聞こえてるみたい……！」

「まちがいない、あの渓谷に瑠璃の泉は湧いている」

渓谷へ飛んだフォンティーンは、浅い谷底に着陸するよりも早く人型に変容してジュストを抱き上げた。草叢を走るフォンティーンと、彼の肩に腕をまわしたジュストは、強烈な瑠璃色の光を瞳に映す。眼前に広がる幻妖な光景にぞくぞくと全身の肌が粟立った。

「泉……が……、――」

草叢の中央に、ラピスラズリを溶かしたような青い水が滾々と湧き出ている。

紛れもない、それは太古の魔女たちが作り、隠した〝瑠璃の泉〟だった。

金銀の砂粒が煌めく青色の泉は、ジュストが繰り返し想像してきた泉よりも遥かに美しく清らかで、しかし入ったら二度と浮き上がってこられないような妖しさと、死の匂いがあった。竜の長い銀髪を無意識に握ってしまう。ひたすら捜し求めてきたそれを前に、身体が激しく震えだす。ジュストの胸を揺さぶるものは歓喜ではなく恐怖だった。

「フォ、ン……っ」

ジュストは痛いくらい心臓が高鳴っているのに、フォンティーンはいつものようにまったく動じていない。震える身体を強く抱き直し、大きな手でジュストの頭を覆うと、瑠璃の泉へ躊躇なく飛び込んだ。

ゴポゴポッ……と泡の生まれる音が聞こえ、冷たい水がシャツや靴の中に入ってくる。すぐに唇が重なってきて、フォンティーンはジュストに空気と魔力を与えてくれた。かたく閉じていたまぶたを恐る恐る開くと、深く濃く、それでいて透明度の高い青色が瞳いっぱいに映る。

『ジュスト。恐ろしいか？』

銀色の髪もまつげも、金色の瞳も、青く染まっていた。水の中で話すことは難しいけれど、口移しで水竜の魔力をもらったジュストはフォンティーンに倣って懸命に唇を動かした。

『怖い……。すごく、怖い』

『恐ろしいままでいい。ジュストの呪いは私が解く。この腕だけは絶対にほどくな』

フォンティーンは、どこまで強いのだろう。もし、『恐れるな』と言われていたら、ジュストはもっと混乱していたかもしれない。恐怖も不安も拭いきれないが、真剣なまなざしに微笑で応える。しかし、泉の底に群れを成して咲く天藍石の花を見たとき、全身に悪寒が走った。

『あれ、は――アコニートゥム（トリカブト）だ……！』

『アコニートゥムとは、猛毒の花だな？』

フォンティーンの言葉に深くうなずく。黒や青に煌めく夥しい数の花々が、天藍石のように見えるのは、花弁から分泌された猛毒が結晶化しているからだった。魔女たちによってなんらかの手が加えられている毒の花に触れたらジュストは即死するだろう。

天藍石の花の作用は、ジュストもろとも呪いを葬り去ること。魔女の呪いを解くその代償は自身の命――恐ろしい真実に絶望しかけたとき、フォンティーンが静かに笑みを浮かべ、『猛毒の花こそが必要だ』と言った。

『えっ……、どういう、こと……？』

『私の涙と天藍石の花を同時に摂取する。涙を以てジュストの肉体を瞬時に治癒し、猛毒によって呪いのみを抹消する――それが魔女の呪いを解く手立てだ』

ジュストは驚愕してばかりになる。その方法を、わずか数日で知ったというのだろうか。

フォンティーンは青黒く輝く猛毒の花々の上に胡坐をかき、ジュストを腿に座らせて、絶対に花に触れさせないよう腕で包んでくれた。長い指が摘んだ天藍石の花冠からは、冥界へ誘うような、甘美な死の匂いがした。

『ジュスト。涙を乞え』

『うん。フォンティーン、涙を落として……』

美魔の願いを受けた水竜が涙を落とすと、美しい紺碧色の真珠が花冠を満たしていく。

『これを摂取したジュストが絶命したとき、私も即座にあとを追う。だが、そのようなことには決してならない。恐ろしいままでいい、私を信じるなら唇を開け。ジュスト』

フォンティーンを心から信じるジュストは迷いなく唇を開いた。

口に含んだ天藍石の花は苦く、オンディーヌの涙はとても甘い。嚙むと、パキ、と結晶の割れる音がする。勇気が足りなくて飲み込むのに苦労してしまったが、フォンティーンはジュストが嚥下できるまで、手をつないだり髪を撫でたりしてくれた。

『……。――ありがとう、大丈夫、だよ。苦しくないよ、フォン……』

フォンティーンは繰り返し花を摘み、紺碧色の涙で満たして、丁寧に口の中へ入れてくる。少し怖くなって身体を震わせると、花を口移しで食べさせてくれた。触れ合わせた唇から『愛している』と伝わってくる。何度も空気や魔力をくれたけれど、キスだけのときもあった。

一緒に天を仰げば遥か頭上に、泉を渡るアジュール・ムーンが見えた。

フォンティーンとジュストだけしかいないこの世界は青の一色に染まっている。

なぜかジュストは既視感を覚えた。こんな綺麗で稀有な風景はどこにもないはずなのに――そう思ったとき、記憶が鮮やかに蘇り、自然と涙があふれてきた。

――あぁ……。フォンティーンの蹼だ……。

燃え盛る炎の中で懸命にオンディーヌの名を叫んだ七歳の夜。

焼け石のようになった小さな身体を包んでくれた半透明の蹼は、天藍石で染めたみたいに鮮やかで七色の光を含んでいて、涙が滲むほど綺麗だった。

今、確かに思い出す。ジュストに初めての安堵を与えてくれた、青く煌めく美しい蹼。

この世界は、フォンティーンの掌が形づくる紺碧の泉の底にとてもよく似ていた。

とめどなくあふれる涙が青い水に溶けていく。

『ジュスト。愛している』

『うん……、うん、フォンティーン……』

あと少しで応えられる。自分の言葉で伝えることができる。

三百年に一度の青い月、瑠璃の泉と天藍石の花、オンディーヌの紺碧の涙、愛の言葉と口づけ――フォンティーンとジュストは幻想的で厳かな青の儀式を繰り返す。

そうして青い月が西の空へ届くまで、水竜と美魔は花の咲く泉にたゆたいつづけた――。

「――森はどうなったの？　焰花は……？」

「リーゼと兄弟たちは炎を完全に鎮火させ、ドラゴンギルドへ帰還した。焰花が生まれることは二度とない」

「ほんとう……？　でも、僕のせいで森が……どうしよう」

フォンティーンに抱かれて泉から出ると、魔女の森は闇と静寂を取り戻していた。

しかし焼け焦げた臭いが充満している。ジュストのせいで森が多くの傷を負った事実は変えられない。魔物たちの大切な場所を壊すという、取り返しのつかないことをしてしまったジュストが身を震わせると、フォンティーンは杏色の髪を一瞬で乾かしながら言ってくれた。

「なにも心配することはない。森は己の力で再生を果たす。そして私たち竜の一族は魔力を注ぎ、再生を助ける。おそらくリーゼは明日にでも魔女の森再生の業務命令を発令するだろう」

「……うん。僕も森に来たい。完治するまで毎日でも来たい。フォンお願い、連れてきて」

「当然だ。──私たちも帰還する」

竜に変容したフォンティーンはジュストを乗せ、ドラゴンギルドへ向かって飛翔する。

銀色の鬣の中に入ったジュストが森を見おろすと、消えかけている瑠璃の泉が見えた。

「………」

次に瑠璃の泉が出現するのはいつだろう。誰にも知られないままひっそりとあらわれ、消えていくのかもしれない。多くの恐怖と悲しみと、残酷と絶望と、そして確かな希望を残してくれていたジゼルに心から感謝し、瑠璃の泉に別れを告げる。ジュストは、傷を負ってもなお美しい魔女の森を見つめつづけた。

もう夜は深いのに、ドラゴンギルドに近づくと第一ゲートの誘導灯が光った。

「防護服を着て立ってるのって……？」

「リーゼ以外いないだろう」

フォンティーンが第一ゲートに着陸すると大量の水が降ってきて、防護服姿のリーゼにデッキブラシを投げ渡された。

リーゼと組んで竜の洗浄とオーバーホールをするのは、いつ以来だろう。言葉を交わさなくても上手く連係できるから不思議だった。鱗を挟む専用トングとデッキブラシを同時に駆使するリーゼには何年経っても敵わないけれど。

洗浄を終えたフォンティーンは人型になって脱衣室へ向かう。ジュストはずぶ濡れのまま、サリバンの巣へ帰っていくリーゼを追いかけた。

「ボス、ごめんなさいっ。僕ひどいことばっかり言って――」

伝えたいことはまだたくさんあるけれど、片手を軽く上げるリーゼに止められてしまった。

「風邪ひくなよ。ひいたって休ませねえからな」

「うん……。ありがとう。おやすみなさい。また明日……」

また明日な、と言ってリーゼは廊下を歩いていく。その短い言葉を伝え合える喜びを噛み締めながら父親の背を見送る。すると、背後から伸びてきた大きな両手に脇をつかまれて「うわぁ」と声をあげてしまった。脱衣室から出てきた裸のフォンティーンはジュストを担ぎ、物凄い速さで飴色の大階段を上っていく。

「待ってよ、僕まだシャワー浴びてないから！」

「ゲートで水を浴びただろう」

「だったらせめて拭かせてよ、廊下に水滴が落ちるの嫌だし、風邪ひきたくないっ」

「巣へ戻ったら私が乾かしてやる」

フォンティーンの巣に入るなり濡れた服を剝ぎ取られた。寝台に寝かされたジュストの裸体に重なってくる竜の巨軀はいつもと違って凄く熱い。

魔女の森でも瑠璃の泉でもずっと冷静にジュストを導いてくれたのに、今のフォンティーンは見たことがないほどの焦燥に駆られていた。

「フォンっ……待っ、て」

「十九年も待った。ジュストはまだ待てと言うのか？　どれだけ私を振りまわすつもりだ」

「ふ、振り、まわして、なんか……あ、ぅ」

噛みつかれるようなキスをされて、長い舌がぬるりと奥まで入ってくる。それにみずから舌をからませると、美魔の身体が一気に熱を持った。互いの背や腰に腕をまわし、下腹部をこすりつけ合う。ジュストも冷静でいられない。でも伝えたいことがある。頭の芯が蕩ける間際、懸命にそれを口にした。

「ありがとう。フォンじゃなかったら、誰も呪いを解けなかった……」

どうにか感謝の気持ちを伝えると、身体を下げていくフォンティーンが、ふっと微笑んだ。

「ジュストはずいぶんと頑なだった。でもそれすら愛しい。おまえの、なにもかもが愛しい」

「フォン、っ……あ、ぁっ。……すき——好、きっ……！」

屹立を吸われた瞬間、抑えられないほど想いがあふれて、叫ぶように言ってしまった。

ジュストはフォンティーンだけに夢中になる。性器にからみついてくる舌の動きに合わせて腰を振る。

「あっ、あっ、きもち、い……っ」

広い竜の巣が、甘ったるくていやらしい美魔の匂いでいっぱいになった。陰嚢を柔く食まれ、後孔に舌を入れられて、竜の唾液と美魔の蜜で下肢が重たく濡れていく。

「ジュスト」

「あぁ、……」

後孔に陰茎の先があてられたとき、蕩けていた身体が強張った。でもそれも一瞬だった。フ

ォンティーンは泣きたくなるほど優しい微笑でささやいてくる。

「愛している。私だけのジュスト――」

「フォンっ、……あっ！　フォン、ティーン、っ……」

長大な陰茎が体内を拡げて入ってくる。その熱さも、硬さも、凄まじい圧迫感さえも愛しくてたまらなかった。何年も待ち侘びていたそれに奥を突かれるたび、ジュストの心は喜びに打ち震え、茎からぴゅうぴゅうと白い蜜を漏らす。

「私を愛していると言え」

その言葉を口にすることに躊躇してしまうのは、ジュストの癖になっていた。でも魔女の呪いは解けていると信じている。ジュストは、色の異なる瞳を金色の瞳に深くからませた。

「あ……、愛、してる……フォンティーン、愛してる……」

怖くて、少し恥ずかしい。でも心を籠めて伝えた。その瞬間、フォンティーンが腰を大きく揺らす。ジュストの内壁に所有の証を染み込ませるように、何度もペニスをこすりつけ、射精した。腹の中が竜の精液で満たされていく。

「ジュスト。もう一度――」

「うん……フォン、……もっと」

もっとフォンティーンが欲しい。その逞しい腰に、ジュストは脚をからませる。首筋や鎖骨を優しく愛撫するフォンティーンの唇が、ジュストの唇にゆっくりと重なってくる。

十九年分の愛を確かめ合う行為は、夜が明けてもなお終わることはなかった。

終章

麗らかな春の陽がドラゴンギルドにこぼれ落ちてくる。

サージェント法務将校が私的訪問する今日、筆頭バトラーに呼ばれたジュストは執務室へつづく長い廊下を歩いていた。

連なる窓の外の風景は、黄色や桃色の花々と若葉の黄緑で色彩豊かに染まっている。

ジュストが花盛りのときを心穏やかに過ごすのは十年ぶりのことだった。

歓楽街へは一歩も近づかずに済んでおり、フォンティーンの「無用の長物だ」というひとことで抑制剤の材料と器具をすべて処分することも決まった。夜ごと水竜の精液で体内を満杯にされているから、ほかの雄の体液を摂取したいという衝動など絶対に起こらない。

これまでの分を取り戻すかのように、フォンティーンは毎晩、何度も「私を愛していると言え」と迫ってくる。求められるたび応えても彼が破滅へ陥ることはなく、さらに精力的になっているから、魔女の呪いは本当に解けたのだと肌で感じることができた。

だから約束通り、オーキッドを抱きしめて「大好きだよ！」と伝えた。「ぼくも！　だぁいすき！」と抱き返してくれる小さな竜が本当に可愛らしくて、心から愛しくて、互いの頬にちゆっちゅっと親愛のキスを繰り返していると、「それまで」とつぶやくフォンティーンと「イチャイチャしすぎだっ」と言うテオに引き剝がされてしまった。

オリビエとエリス、アナベルやメルヴィネにも、なにも伝えずに泣かせてしまったことを謝った。腰に抱きついてくるエリスとメルヴィネはまた泣いて、「ジュストさんがいないギルドなんて無理です～」と言ってくれたけれど、なぜかレスターだけは「泣いてません」と言う。

「えっ。なんで嘘つくの？　ばかになんて絶対しないよ、僕も格好悪く泣いてしまったし……レスターが泣いてくれたこと聞いてすごく嬉しかったのに」

「違います。泣いてません」

「か、頑なだなあー」

「ジュストさんが無事で本当によかったです。でも私、泣いてませんから」

もじゃもじゃ頭のレスターは、レンズの厚い黒縁眼鏡をくいっと上げてその場を立ち去ろうとしたが、ゴツンと頭を柱にぶつけてしまう。それを見てげらげら笑うテオと、今度三人で飲みに行くことが決まった。

竜たちにも一機ずつ感謝の言葉を伝え、彼らが魔女の森へ行くときは必ず乗せてもらった。

オンディーヌは清流を呼び、シルフィードは緑色の風をよく通し、ゲノムスたちは土に魔力を与える。ナインヘルは普段は触れたくても触れられない草花を手に取り、せっせと植物を植えていた。

そして遥か北端の地・フェンドールからファウストとリシュリーまでもが、魔女の森を再生させるための加勢に来てくれた。魔女の呪いのことは筆頭バトラーから伝わっているのだろう、普段はしっかり者のリシュリーが瞳を潤ませて抱きついてくる。

「ジュスト、ジュストっ……私はあんなにも世話になったのに、そなたが最もつらいときに力になれなかった……口惜しい」

「そんなことないよー、こうやって魔女の森にみんな集まれてるだけですっごく幸せ。リシュリーちゃん、元気してた？　相変わらず可愛いし、角も綺麗だねえ」

「一角獣の角に……呪いを撥ね返す力があればよかったな……」

たまらなく健気なリシュリーの髪を撫でていると、「懐きすぎるなと言っただろう」とファウストに引き剝がされてしまった。若い竜はやや意気込んで言ってくる。

「俺は魔女の呪いなんかに負けない。ジュスト、俺をどう思っているか言え」

「どう……って、大好きだよ？　ファウストくんはねー、うんと歳の離れた弟みたいで、可愛くて大好き」

魔女の呪いはもうないから、ジュストは想いのままを言葉にできる。幸せを嚙みしめながらにっこり微笑むと、ファウストは褐色の頰をわずかに赤くして「わかった」とつぶやき、土を均しているフォンティーンのところへ行ってしまった——。

並んで土いじりをする物静かな竜の兄弟を思い出しながら執務室へ向かっていると、美しい深緑色の軍服を纏う将校が歩いてくるのが見えた。

「閣下っ」

笑顔で片手を上げるサージェント法務将校のところへ駆けていったジュストは、挨拶もそこそこに頭を下げる。

「ディズレーリではありがとうございました。あのとき閣下が来てくださらなかったら、僕はどうなってたかわかりません」

「いや、俺こそ悪かった。奴が魔物とは露ほども思わず──迂闊だったと反省している」

「今日、閣下がいらしたのはやっぱり……ターナーの件で、ですか？」

「それも含めてあれこれとな……だが出直す。逼迫した案件ではないからいいんだが、リーゼの奴が話を聞こうとせん。ひどい荒れようだぞ？　竜に息子を取られただの……どうやらディズレーリに春は訪れそうにないな。あっちのほうこそ荒れること必至だ」

そう言ってサージェントは快活に笑い、ジュストもつられて笑う。

「閣下？　もう帰られるのですか？　それなら正門までお送りします」

「俺はいいから早く親父どののところへ行ってやってくれ。俺は飼育小屋へ寄ってベイビーズと戯れて帰る」

「ええっ、またですか。うちの仔にあんまりちょっかい出さないでくださいよ。泣かせたら閣下でも絶対に許しませんからね」

「おまえのそういうところ、年々リーゼに似てくるなぁ。別嬪最強父子か。おぉ怖い」

からからと笑うサージェント法務将校は手を振って去っていった。

扉をノックして執務室へ入るとソファにフォンティーンが座っていた。見るからに不機嫌なリーゼが無言で手招きをしてくる。机には新聞があり、見出しには【弱冠二十八歳！　陸軍新元帥誕生】とあった。

「ここに来るとき閣下と会ったよ。閣下がボスに話をしにきたのはこの件も含まれてる？　異様に若いよね」

「まあな。あのサージェントですらあまり知らん奴らしい。素性を調べるのはこれからだ」

「魔女の森の事件を揉み消すために、発表を合わせたとかは……ない？」

「それはない。あれはとっくに揉み消された。サージェントが言うには、ターナー中尉という将校はもとからいなかったことになってる」

「えっ、そんな……」

「あれは帝国軍全体の行動ではなく完全に私的な怨恨によるものだったしな。我が社が訴訟を起こせば明るみに出んこともないが、こちらも証拠を集めにくい。なにより魔物同士の諍いだ、今回はこのまま流す。——そんなことはどうでもいいんだよ。手ぇ出せ」

「わっ」

リーゼに無理やり引っ張られて握られた左手の薬指には、紺碧や孔雀青に煌めく鱗の三連リングが嵌められている。厚みも重みもある指輪はなかなか慣れなくて、フォンティーンの手で嵌められてからずっと恥ずかしくて落ち着かない。

「かーっ。なんだよこれは。いったい幾つ付けりゃ気が済むんだ。おいジュスト。おまえからねだったりしてねえだろうな？」

「し、してないよ！　フォンっ、なんか余計なこと言った？」

「なにも。それは五枚のところを三枚で許してやったんだ」

ジュストに指輪を嵌めてからというもの、フォンティーンは物憂い表情をしなくなり、いつもどこか余裕がある。リーゼはそれが気に食わないのか、ジュストの手をやたらと揉みしだきながらフォンティーンを問い質した。

「いいかげんあの夜のことをきちんと報告しろ。どうやってジュストを見つけたのか、呪いの解きかたを知った過程も」

「僕もずっと不思議に思ってた。フォンはどうして僕が魔女の森にいるってわかったの？　それもあんな広い森で、炎もいっぱい上がってたのに、フォンはまっすぐ僕のところに来てくれたでしょう？」

「いいだろう。説明してやる」

フォンティーンが立てた人差し指を軽く前後させると、ジュストのウェスト・コートのポケットがもぞもぞと動き、そこから銀色の懐中時計が飛び出した。

「えっ⁉」

懐中時計が竜の大きな手に吸い込まれていく。パシッと音を立てて受け止めると、フォンティーンは蓋を開け、文字盤まで開けて見せてくる。

そこには紺碧に煌めく欠片が埋め込まれていた。

「懐中時計に鱗を入れてたの⁉」

「許可してねえぞ、なに勝手な真似してんだ」

「私の鱗があったからジュストを失わずに済んだ。リーゼはそう思わないのか」

「いつ入れたの……？」

「この数日間、おまえが私の巣で眠っている時間は多くあった。細工など幾らでもできる」

リーゼにはあまり聞かれたくないことを言い、フォンティーンはまた余裕の表情を浮かべる。くわえているパイプをギリッと鳴らすリーゼが「おい待て。時計、なんで銀色なんだ」とつぶやいたので、ジュストはひどく焦って話を逸らした。

「の、呪いの解きかたは？　どうやって知ったの？」

「名無し書店の口縫い男を買収し、魔女たちの呪いにまつわる書籍を片端から集めさせた。二百冊ほど閲覧した関連書の中に、天藍石の花と竜の涙を同時に摂取して呪いだけを抹消する方法が記載されていた」

「…………」

ジュストが十数年かけても知り得なかったそれに、フォンティーンはわずか数日で辿り着いた。悔しいような、誇らしいような、不思議な気持ちになる。あの口縫い男を買収するあたりに竜の強引さが見えるけれど。

「ね、ねぇ……訊くのがちょっと怖いんだけど……。幾らくらい、使ったの……？」

「はっきり憶えていないが、口縫い男を買収した金も合わせれば五十七万ペルラー（約一億円）ほどか」

「うそでしょ!? 信じられない……!」

「端金だ。ジュストに真の幸福を齎すにしては極めて安い」

「うん、端金だな」

ジュストを巡って喧嘩や言い合いばかりしているフォンティーンとリーゼは、こんなときだけ意気投合した。

「リーゼこそ、魔女の森のどこかに瑠璃の泉がある可能性が高いと考えていたのではないか？だから毎年、一日を費やして魔女の森を捜しまわった。そうだろう？」

「え……？」

余裕を保つフォンティーンの言葉に驚いてリーゼを見ると、ばつが悪そうな顔をする。リーゼが毎年魔女の森へ行くのはジゼルの魂を慰めるためだと聞いたのに。

「なんでフォンティーンがそれを知ってるんだよ」

「いにしえの魔女たちが隠したものを、なんの根拠もなく捜したところで見つかるわけがないのに、朝から深夜まで飯も食わずに瑠璃の泉を捜しつづけるから勘弁してほしい――サリバンは毎年そうぼやいていた」

「あのやろう……許さねえ。くだらねえことをべらべらと……」

リーゼが魔女の森での滞在時間を年々長くしていたのは、瑠璃の泉を捜すためだった。

そして青い月が昇る今年、朝食もとらずに出発していたのは、彼なりに焦燥を感じていたからかもしれない。

「ボス……」

　ずっと握られたままの左手でぎゅっと握り返すと、二十歳前後の若者にしか見えない彼が父親の顔になる。

　ジュストからは見えないところで、フォンティーンもリーゼも、魔女の呪いを解くために時間を費やし、焦り、手を尽くしてくれていた。決して一人で抱えてきたのではないと知り、熱いものが込み上げてくる。

　フォンティーンが銀色の懐中時計の蓋をパチッと閉めて言った。

「それにしてもジュストは頑なだった。自分一人で呪いを解くと決め、私が解いてやると言っているのに初志を貫こうとする。あらゆることに柔軟に対応するが、頑として譲らない部分があるその性格は、いったい誰に似たのだろうな」

「フォン……」

　父子契約書を破棄させると言いつづけてきたフォンティーンは、リーゼとジュストが父子であることを認めようとしない。でも今の彼の言葉は、ジュストに機会を与えてくれているように聞こえた。

　心の中でフォンティーンへありがとうと伝えながら、ジュストはにっこり微笑んで言う。

「それは、もちろん……、——父さんじゃない？」

　照れくさくてしかたないけれど、ずっと呼びたくて、でも叶わなかったそれを、感謝を籠めて今ようやく口にする。

い顔になった。

鉄壁の筆頭バトラーはさらりと流すと思ったが、ジュストがびっくりするくらい締まりがな

「なんだよジュスト、今さらだな、おい」

異様にデレデレするリーゼは「父さんって、今さら。父さん、か」と繰り返し、ねちねちと手を揉んだり摩ったりしてくる。このままでは頬ずりやキスまでされそうな予感がした。フォンティーンならいいが、父親にされるのはジュストでもさすがに嫌である。

執務室に来て三十分は過ぎているし、多忙な筆頭バトラーの仕事の邪魔をしないためにも、このあたりで辞するのがいいだろう。

「ボス、悪いけどそろそろ手を放してくれない？　ほら、お仕事しなきゃ」

ジュストが何気なく言ったその瞬間、なぜかリーゼの唇からパイプが離れ、ゴト……と鈍い音を立てて新聞の上に落ちた。

「あーっ！　なにやってんの！　危ない、燃えるでしょ！」

「おいぃ……なんだよ、なんで一回こっきりでもとに戻るんだよ。おまえこれから毎晩フォンティーンに抱かれんだろ？　なんでこいつは毎晩で、我慢してやる俺が一回なんだよ。おかしいだろうが、え？」

ジュストにはまったく理解できないことで嘆き、リーゼはこの世の終わりが来たような顔をする。華奢なのに怪力を持っている彼に握られた手が痺れだしてきた。

「いたたっ。痛い、ちょっとボスしっかりしてよ、いいから一回放して。フォンっ！　燃えて

るから！　座ってないで消してよ！」

昔からおとなげない彼らはジュストの言うことをまったく聞いてくれない。

なおもジュストの手を放さないリーゼは「この親不孝者め……」という、よくわからない怨み言のようなものをつぶやき、フォンティーンは悠長に腰かけたまま「ふふん」と笑っていた。

「もうっ、危ないから！　ああいうときはちゃんと消してよ」

「わかった、わかった」

ドラゴンギルドの中庭にも春が訪れている。フォンティーンはいつものように楓の樹の下へジュストを誘い、銀色の懐中時計をウェスト・コートのポケットに戻した。

「まさか懐中時計に入っていたなんて……そしたら僕は四枚の鱗を持ってるってこと？」

「そうだ。そしてこれからも少しずつ増やしていく」

「うん……。――自動車、僕のせいで燃えてしまってごめんね」

「かまわない。またジュストのために作るとしよう。まだ、半分も齎していないからな」

「フォン？」

言葉の最後がなにを意味しているのかわからなくて、紫と桃色の瞳でフォンティーンを見上げる。見惚れるほどの美丈夫は長躯を屈め、額を重ねてきた。

後頭部の高い位置で束ねた銀髪が、さらさらと流れ落ちてくる。

「喜び、楽しみ、驚き、美しいもの、幻想の風景、美味なるもの、安寧と平穏、愛欲と快楽、そして情愛――これらを以て私がジュストを満たす。私が齎すものだけを感じていればいい。そう言ったことを憶えているか？」

「全部、憶えてる。忘れたことないよ」

「私はまだこれらの半分も齎していない。これから先、長い時をかけてすべてをジュストに齎す」

「ありがとう。でも僕、いっぱいフォンからもらったよ。だからこれからは僕もフォンに渡したい。綺麗なものとか素敵なもの……愛、とか、も――」

せっかく思いのまま伝えられるようになったのに、その言葉を口にするのが恥ずかしい。

でもフォンティーンは微笑んでくれた。額を重ねたまま、杏色の髪を優しく撫でて言う。

「ジュスト。今ここで指切りの誓いを」

「うん……フォンティーン」

薄い紺色を帯びる冷たい爪が左手に触れてくる。ジュストの薬指で紺碧や孔雀青に煌めく三連の指輪、それを撫でた小指が、ジュストの小指にからまってくる。

「私はジュストだけを愛している。生涯を賭してジュストだけを守り抜く」

「はい……僕も、フォンティーンを愛してる」

七歳のときに、ひとつの縫いぐるみを巡って始められた〝ゆびきり〟の誓いは、ここにつながっていた。

十九年のあいだ、届けられずに掻き消してきた幾つもの想いが鮮やかに蘇る。

「誰にも内緒にしてたけど、本当はね、七歳のときからずっと……フォンが好きだった」

そう言葉にすると、涙があふれそうになる。

でも今とても幸せだから笑っていたい。フォンティーンがつられるように、長いまつげを揺らして微笑む。

「私にはわかっていた」

「ほんとう？　僕、すごく頑張って隠してたのに――」

そのとき額を離したフォンティーンが唇を寄せてきて、ジュストは思わずその唇を指先で覆ってしまった。

「あっ……。フォン、待って。キスはだめ」

「なぜだ。いつもしているというのに。ジュストは今日、私の担当バトラーなのだから要望に応えるべきだろう」

本当はジュストも今すぐフォンティーンとキスがしたい。いつものように身体を密着させて互いの舌をからませる深い口づけがしたい。でもその想いが強いほどに、ここではしたくなくなる。なぜなら、中庭でしてきた多くの口づけは――。

「あれは……仕事だったから。今キスしたらボスに怒られるよ……。――公私混同だって」

上手く言えなくて頬が真っ赤になり、うつむいてしまった。フォンティーンは小指をからませたまま銀のまつげを伏せて「ふむ」と思案したあと、ジュストを抱き上げる。

「わっ」

「では、私の担当バトラーとしての業務は終了とする。速やかに巣へ帰るとしよう」

「フォン……。ふふっ」

ジュストが仕事でフォンティーンと口づけをすることはもう二度とないけれど、これから思うままに愛し合うことができる。

「愛している。私だけの美魔」

「僕も、フォンティーンだけがずっとずっと大好き」

幾度となく見蕩れてきたその端整な顔に、もはや憂いはない。

水竜と美魔は頬を重ねて微笑み合う。

ジュストを力強く抱いて、フォンティーンは美しい花々が咲きこぼれる春の中庭をゆっくりと歩いていった。

あとがき

こんにちは。鴇六連です。このたびは『美魔は花泉にたゆたう～ドラゴンギルド～』をお手に取っていただき、ありがとうございます。今作はドラゴンギルドシリーズ二ヶ月連続刊行の第二弾、シリーズとしては六冊目となります。二ヶ月連続刊行という素晴らしい機会をくださった編集部さま、そして担当Iさまのご尽力に感謝申し上げます。

超タイトスケジュールの中、シリーズ刊行を現実のものとしてくださった沖麻実也先生、本当にありがとうございます。別嬪さんのジュストも然ることながら、和の香りのするフォンティーンがとても魅力的です。

今作の主人公・フォンティーンとジュストのテーマは『十九年愛』とでも言いましょうか……綺麗で知的でスケベなお兄さん・ジュストへの（私の）思い入れが強すぎて、ずいぶんこじらせてしまいました。ごめんなさい。でも、愛を勝ち取ったジュストは、今後も心おきなくさらにスケベになっていくことをご報告申し上げます（キリッ）。

そして読者の皆さまへ、ここまで読んでくださり本当にありがとうございます。皆さまのお力添えを頂戴し、シリーズ六冊目まで辿り着くことができました。心より御礼申し上げます。今作の制作裏話はたくさんありますので、ブログのほうでお伝えしたく思っています。是非お立ち寄りください。お待ちしております！

二〇一七年　八月　鴇　六連

美魔(みま)は花泉(はなのいずみ)にたゆたう

～ドラゴンギルド～

鴇(とき) 六連(むつら)

角川ルビー文庫　R 158-12　20567

平成29年10月1日　初版発行

発行者――三坂泰二
発　行――株式会社KADOKAWA
〒102-8177　東京都千代田区富士見2-13-3
電話 0570-002-301（ナビダイヤル）
印刷所――旭印刷　製本所――BBC
装幀者――鈴木洋介

ISBN978-4-04-105967-8　C0193　定価はカバーに表示してあります。